WANG ZIFU WORKS

中国专业作家作品典藏文库
王梓夫卷

邻居

王梓夫 著

中国文史出版社

目　　录

第 一 辑

第 二 辑

第 三 辑

第 一 辑

我的大运河

那条来自天边的神秘的小船不是顺着大运河从水上漂来的，而是从空中飘飞而来的。船是应该漂浮在水面上的，可是那条小船不是，是出现在云端处的。它的周围是飘绕的彩云，彩云是真实的，因为是傍晚，夕阳把云朵染红了，很艳很艳的红。开始出现的时候，只是一个黑点，在彩云的映衬下，那个黑点很突出，很醒目，我以为是一架飞机。可是飞机不会这么慢，简直看不出黑点在移动。随着彩云的升高，它的轮廓便渐渐地显露出来。

是一条船，船上晃动着人影，似乎是一个男人，还有一个小孩儿，穿着彩云般的衣服的小女孩儿。从船上不停地飞出洁白的花朵，我慢慢地看清了，不是花朵，是鱼鹰。鱼鹰从船头上飞起，在空中打了一个旋儿，一头扎进水里，嘴里叼着一条鱼，又飞落在船头上。越来越清晰了，看管鱼鹰的是那个穿着花衣服的女孩儿。她从鱼鹰的嘴里掏出鱼，又从脚下的筐里捞起一条小鱼，喂在鱼鹰的嘴里……

河滩上的草鲜嫩嫩的，草丛中的花朵细小而鲜艳。我坐在河滩上的草地上，凉津津的，很舒服。

河水很沉静，又很洁净。坐在河边，能看清很深很远的河底。河底下沉淀着丝丝缕缕的水草，被水流梳理得整整齐齐。小鱼小虾在水草间自由自在地游动着，悠悠的。整个河面都是透明的，连淹没在水面下的船底都看得清清楚楚。若干年之后，我从网上看到一组美得令人心颤的照片，就是这种感觉。由于河水是透明的，漂浮在水面上的小船，像是悬在空中一样。我由此断定，当时出现在我面前的不是幻觉，而是视觉的误差。那条小船确实是从天边飘飞过来的。

小船上打鱼的是一对父女。那时候在大运河上打鱼的人很多，有撒网的，有拉网的，有下鱼钩的，也有用鱼鹰的。我对此已经习以为常了，但是那对父女还是很吸引我。

他们把小船拴在岸边的垂柳上，算是安顿下来。船头上有一个小灶，父亲在灶上准备着晚餐，女儿便蹦蹦跳跳地上了岸。

她光着脚，她的脚很小，窄窄的，瘦瘦的，像一对小水萝卜。可是她的脚趾却张得很开，花瓣儿似的开放着。我不知道为什么先注意到了她的脚，并且对她的脚有如此深刻的记忆。这或许跟中国男人的恋足癖有关，嘻嘻。

她翻看着我的柳条筐，那里面装的是我挖的野菜：刺儿菜、苣荬菜、仁仁儿菜、落落儿菜……有些是人吃的，有些是喂猪的。人和猪都属于杂食动物，大凡猪能吃的东西，人都能吃。所以说，中国农民吃的是猪狗食，干的是牛马活。

她翻出了一块棒子饼子，是我出来的时候从饽饽篮子里拿的，准备挖野菜时吃的。那是一块没有掺糠菜的纯玉米面的饼子，焦黄焦黄的，很稀罕的，还没舍得吃呢。

她觉得很奇怪，我说，你尝尝吧。她咬了一小口，很慢很慢地咀嚼着。我又发现她的嘴唇很薄，牙齿很白很细，小嘴唇嚅动起来很好看，像鱼儿。

她告诉我她叫浅儿，我开始听到是“钱儿”，我说你爸爸是财迷，光想着钱了。她说不是“钱儿”，是“浅儿”，深浅的“浅”。她说她读过书，只读了一年半，她妈妈死了，患痨病死的。妈妈死了以后，她就跟爸爸上了船。

她知道我们这个地方叫梨花渡，是她爸爸告诉她的。她对我说，明天一大早，她爸爸要把打到的鱼拿到镇上去卖，还要给她买一双鞋。自从跟爸爸上了船以后，她就没有穿过鞋。

我把我的鞋脱下来给她穿，有点儿大。她很高兴，啪嗒啪嗒地在草地上奔跑起来。

他们没有走，第二天我到河边挖野菜的时候又见到了她。她和爸爸正在河面上打鱼，浅儿见到了我，挥着手叫喊着。她爸爸把小船靠了岸，她又跳上了岸。

我问她，你爸爸给你买鞋了吗？她有些沮丧，爸爸说没见到合适的鞋，明天卖鱼的时候再买。

她问我见过大海没有，我说没有。她说她见过，去年跟爸爸到大海里打过鱼。我读过高尔基的《海燕》：在苍茫的大海上，狂风卷集着乌云。在乌云和大海之间，海燕像黑色的闪电，在高傲地飞翔……

我渴望海。

她给了我一枚小海螺，很光润，大概她已经玩了很久了。她说把小海螺放在耳朵上，可以听到大海的声音。我试了试，耳边确实响起了呼啸声，不知道是不是大海的声音。

作为回报，我把自己的弹弓送给了她。

我说用弹弓可以打鸟儿，她问我能不能打鱼，我不敢肯定。她让我教她使用弹弓，我很乐意。我们到聚仙台的小树林里打鸟，那里的鸟多。可是那天我的技术发挥得不大好，天都黑了，一只鸟都没打下来。

我有点儿尴尬，她却安慰起了我，说不是我技术不好，是运气不好。水面的事情都得靠运气，譬如他们打鱼，有时候会打许多，有时候一条都打不到。

他们居然在河边住下来，小船有篷，可以睡觉，有灶，可以烧饭，船是他们流动的家。

那一天我采了许多野花，把浅儿的脑袋插得花花绿绿。她很高兴，围着我又蹦又唱。

我们玩得很尽兴，天大黑了，我才把她送回小船。

第二天傍晚，我又来到绿草如茵的河滩上，河面上的那条小船却不见了。

浅儿走了，像一片树叶一样地飘走了。

我却像留在树枝上的叶蒂一样，孤独地怀念那决绝远去的叶片。

我第一次体会到了怀念的滋味。

这也是我平生第一遭怀念一个女孩儿。

我常常把这视为我的“初恋”。

我至今还珍藏着那枚小海螺，常常把它放在耳边倾听大海的声音。

我一直没有浅儿的消息，也不知道她还记不记得我。

这就是我的大运河。

2016 年 2 月于大理

桃花源里人

秋风萧瑟，河水悠悠。夕阳浸染着满河的落英，滔滔汩汩的流水颠簸着色彩缤纷的迷茫，如同岸上传来的琴声，悲凉地倾诉着无法逃脱的宿命。拉着二胡的是一位形容枯槁面目清癯的老人，他坐在运河大堤上，神色淡然目光凝重，对着流淌千年的京杭大运河，演奏着生命的挽歌，诉说着短暂生命的万千坎坷和深刻的感悟。

他是为自己在拉琴，他是对着大运河诉说。然而冥冥之中又有一种渴望，希冀能像俞伯牙那样遇到千古知音钟子期。他苦苦地笑了笑，他是在嘲笑自己。他的笑纹还未及收拢，眼前出现了一个人。他心里一惊，这分明就是钟子期。身材魁梧，满脸沧桑，一身庄稼人的短打扮。不同的是，钟子期是樵夫，他则是个渔夫，肩上披着一张破旧的渔网。

渔夫坐下来。他多么渴望能够有人像大运河那样，听听他一生的心曲啊！

一

2014年7月，单位的一次体检，发现他肺部有阴影。那时候他在安徽黄山市党校任职，到了10月份再查，确诊为肺部恶性肿瘤。妻子和儿子立即带他来到北京，住进了协和医院。通过进一步检查会诊，病情严重，周二入院，周四就要做手术。汪钟鸣害怕了，癌症是绝症，何况他患的又是癌症中的重症：肺腺小细胞癌，又何况已经发现了多处淋巴转移。做手术，可能成功，也可能失败。即便成功了，也仅仅是极其有限地延长短暂的生命，而在所剩无几的余生里，生命状态和生活质量将是非常糟糕的。他一夜未眠，翻来覆去地思考掂量。人在危难之中，总会有一些神奇的巧合。一位多年未联系的中医朋友突然打来电话，听说他的情况后果决地建议，不要手术，也不要化疗放疗。这正是汪钟鸣内心的想法，朋友的电话更坚定了他的决心。他立刻决定放弃手术。

汪钟鸣在北京通州有一处住宅，出院以后，他便来到大运河边，开始了艰难漫长又看不到希望的保守治疗之路。首选中医，遍寻京城名医妙手，连续不断地灌苦药汤子。还有各种疯狂推销的祖传秘方最新科技针灸艾灸气功以及营养品保健品，包括张悟本的绝世食疗他都没有放过。

汪钟鸣的心情坏到了极点，但是他没有放弃。为了调整心态，他想拾起荒废多年的二胡演奏，聊以宽怀。他来到王府井的一家乐器店，店里的服务员见他衣装简陋满脸枯黄，没有理睬他。他选中了一把二胡，标价是一万六千元。服务员很不耐烦地递给他，他随意拉了两下，服务员便知道他是行家。他不大满意，服务员把他带到老板的办公室。老板向他推荐了一把六万多元的二胡。他在试琴的过程中突然发现办公室里摆着文房四宝，顿时手痒，提笔写下了“琴调和畅诗韵清绝”八个大字。当时老板的办公室里还有一位客人，是北京某部门的领导，与老板一样，亦是一位书法爱好者。二人一见汪钟鸣写的字，惊愕了，齐声称赞乃大家手笔，并乞求拜他为师。

老板及其朋友立即设宴招待汪钟鸣，席间交谈甚欢，相见恨晚。宴后，老板亲自开车送他回家，并且赠送他那把六万余元的二胡。

大运河边哀婉的琴声引来的那位渔夫姓于，是通州区文化馆的副馆长，曾经是一位专业文艺团体的小提琴手。汪钟鸣遇到了知音，向老于讲起了自己的境况。老于很同情汪钟鸣，把他介绍给了蒲柳乐团的团长程洪贵。汪钟鸣去拜访程洪贵的时候，带去了一幅自己的书法作品。

程洪贵尚未听汪钟鸣的二胡演奏，便先被他深厚的书法功力震慑了。

在生命的低谷中，汪钟鸣又一次以书法结缘。

书法伴随着汪钟鸣的整个生命历程，每逢命运的转折点，书法都起了关键的作用。

这要感激他的父亲，他既是汪钟鸣生命的缔造者，又是汪钟鸣书法的引路人。

二

1953 年，汪钟鸣出生在安徽黄山黟县一个叫作碧山的小乡村里。那里是典型的江南古村落，村里有五里长街、百条弄堂、千栋古宅、一百五十口水井、一百五十个池塘场院、三十六所汪氏祠堂。只可惜，历经太平天国、土地改革以及后来的大饥馑和大浩劫，古村成了破破烂烂的废墟，他家的高门大宅已经更换成仅可栖身的茅草屋了。

祖父英年早逝，父亲被迫入伍从戎，因为有文化，在国民党军队的军需处任职。解放战争期间逃到香港并脱掉军装谋到了生计。后来响应共产党的号召，回来建设新中国，在碧山中心小学当教师。书香门第出身又经历过民族危难的洗礼，父亲自然珍惜和平的生活，兢兢业业地从事他所热爱的教育事业。然而他依然没有摆脱厄运，先是被打成“右派”，再又是席卷全国的大饥馑。在最艰难时期，父亲也没有放弃对子女的教育。他亲自教授汪钟鸣学习书法，训练是极其严格乃至严酷的。光说握笔：掌心握一个小鸡蛋，虎口放一个小酒杯，酒杯里斟满了水。笔杆儿上穿一根铁钉儿，不断地往上加大铜钱，从一个到十来个。用这种方法锻炼腕力、笔力和平衡力。汪钟鸣每天坚持不辍，日就月将，孜孜不倦，几年下来字已经写得颇见功力了。到了小学三年级的时候，学校设立了书法课。汪钟鸣每篇作业的每个字都是红圈儿，常常在班里展示。

大浩劫开始的时候，汪钟鸣刚刚上初中一年级，停课了。他作为还乡知识青年回到农村，凭着自己能写一手好字，他可以脱离繁重的原始劳动，写标语，办板报，画“红海洋”。生活很贫苦，又很乏味。一个偶然的机会，他发现同学家有一把二胡，借来后吱吱啦啦地练起来。天赋使然，他很快找到了门道，居然能拉出整段的歌曲。同学练了几年都没有入门，汪钟鸣居然无师自通，能够演奏了，一气之下，把二胡要了回来，不给他玩了。

后来，接受贫下中农再教育，高中下放到了乡里，他被推荐上了高中。高中仅仅读了一年，县里的黄梅剧团来招收演员。汪钟鸣因为会拉二胡，被选中了。这是音乐带给他的幸运。艺不压身，学会一门手艺，就会多一只饭碗。

到了黄梅剧团之后，汪钟鸣又凭借着过硬的书法功夫开辟了自己的广阔天地。

从县委县政府到各局委办，有开不完的会，办不完的展览，一个接一个的中心工作，形形色色的宣传教育。小小的县城，汪钟鸣的书法刚出现便迅速传开了。他不但书法过硬，而且为人低调，谦虚谨慎，兢兢业业。因之，都来求他帮忙，都来借他救急，领导索性下令，把他调到了县委办公室工作。

汪钟鸣就是这样一步一步从一个普通农民成了一名国家公务员，任县委办公室主任，后来又擢升为黄山市委党校办公室主任，成为处级领导。看起来顺风顺水，平步青云，仔细想来却不难发现，机会总是留给有准备的人。汪钟鸣的准备是什么，就是他自幼勤学苦练，掌握了过硬的书法功夫。

书法是他的幸运神，也是他的救星。

三

尽管有病乱投医，尝试了几十种上百种胡乱花钱活受罪的疗法，汪钟鸣身上的癌细胞依然疯狂地扩散着。他身体越来越糟糕，终日咳嗽，呼吸困难，消瘦得只剩下了一把骨头。他预感到自己来日无多，便决定落叶归根，回安徽老家。

2015 年 10 月初，他突然肚子剧痛，高烧不退，住进了黄山市医院。CT 检查发现，他的肺癌病情更加严重了。

黄山市医院的办公室和病房里悬挂着汪钟鸣的书法作品，这是他在黄山任职期间专门为医院书写的。其间还有个笑话，都稀罕汪钟鸣的墨宝，居然失窃了几幅。医院领导觉得很郁闷，汪钟鸣听说了，又为他们补写上了。所有的作品都是免费的，算是为医疗事业做的贡献。

汪钟鸣住进了黄山市医院，从领导到医生护士都对他很熟悉，因此也非常照顾。

尽管条件很好，但也难以扭转他病情的恶化。高烧不退，咳嗽咯血，体重不足九十斤了。

汪钟鸣面对现实，开始安排自己的后事了。

黄山市文委主任来看望他，问他有什么要求。汪钟鸣说，他想在生命的最后时间里，为家乡做点儿贡献。他曾经花了三年的时间，写了一幅百米长卷，裱起来之后，重达十五斤。书写的是历代名人咏黄山。这个作品完成之后，不断有人前来求购，都出了很高的价钱。汪钟鸣很珍爱自己的这幅心血之作，一直舍不得出手。现在，他要把这幅长卷捐献给黄山市博物馆。早在几年以前，他就与中国少年儿童出版社合作，编创了一套《中小学书法教程》。出版社没有付稿费，只是送给了他一些书。他向领导请求，要把这些书送给父亲曾经任职的学校。这两个心愿，让文委的领导很感动，主动提出给他办一次个人书法作品展，抓紧筹备，时间定在2016年的1月10日。汪钟鸣虽然答应了，但心里却没有把握，因为他估计自己的生命终点不会超过元旦。

这天夜里，汪钟鸣与儿子汪智超谈到凌晨一点多，儿子一边流着眼泪，一边听着他最后的嘱咐。他主要嘱咐了四点：家里还有九十四岁的母亲，也就是儿子的奶奶，他死后，一定要照顾好奶奶的晚年；死后不去公墓，回老家与父亲葬在一起，陪伴父亲；老家还有一栋老房子，修理一下保留下来；墓碑挽联自己已经写好了，不必烦劳别人了。

汪智超痛苦万分，却依然不死心，找到医院里的一位权威医生：难道就这样眼睁睁地看着父亲离去吗？难道一丝希望都没有了吗？那位医生说，他刚刚看到一条消息，美国新发明一种药，专门治疗肺腺小细胞癌的，据说美国前总统卡特就是用这种新药治疗的。汪智超问，怎么才能找到这种药？医生说，一是要有路子；二是要有钱。

既然有希望，汪智超就一定会不惜一切代价。没有路子找路子，至于钱嘛，倾家荡产乞求摘借也要为父亲治病。

汪智超调动了一切关系，终于通过香港的朋友在美国找到了这种药。每针三万五千元，二十一天为一个疗程。汪智超一下子买了两个疗程的药。

这种药使用之后，出现了强烈的反应。高烧到41.5度，连续咳嗽咯血。

正在这个时候，汪钟鸣个人书法展开幕了。他忍着巨大的病痛，以令人难以置信的毅力参加了开幕式。前来参观祝贺的人太多了，展厅的里里外外都挤满了人。大家心里明白，来到这里不仅仅是欣赏汪钟鸣的书法作品，更是为了向这位声名远播品德高尚功底深厚的书法艺术家作最后的诀别。

奇迹出现了。

参加完这次盛况空前的书法展回到医院，汪钟鸣虽然很累很疲倦，却觉得轻松了许多。这是他病重以来从未有过的感觉。在接下来的几天里，他剧烈地咳嗽，大块大块地咯血。看到咯出来的硕大的血块，他心惊肉跳。他瞒着家人，也不让别人看见。神奇的是，咯出的血块越多，他的心里越是轻松，连呼吸都顺畅了许多。情况越来越好，有胃口了，想吃东西了；睡眠好了，夜里很少醒来；身上有力气了，想活动了。到了开始第三个疗程的时候，他居然想回家洗个澡。回到家洗完澡之后，他居然不想回医院了。

春暖花开的时候，他又重新回到了北京。

四

我认识汪钟鸣的时候，他已经完全恢复了健康。是程洪贵先生介绍我们认识的，程洪贵把我写的《通州赋》线装本送给了汪钟鸣。他很喜欢，写了两幅作品，一幅送给了程洪贵，另一幅送给了我。

说实在的，我也是被汪钟鸣的书法震撼了，更为他的低调儒雅和内敛征服了。我有许多书画家朋友，我对书画家向来是尊崇有加的。然而众所周知，近年来确实有不少所谓的自封的“书画大师”很雷人，无限度地毫不脸红地自吹自擂，名片上的头衔都是国家级的世界级的，且名号之多绝对是一张名片印不下的。而观其作品，却往往让人无语。

认识了汪钟鸣之后，我便经常去他的工作室。他的工作室就是书法珍品展览馆。

何谓功夫？功夫即工夫。成就一门艺术或技术，除了天分和技巧，就要看你付出了多少努力花费了多少时间。我相信“一万小时定律”，美国作家格拉德威尔在《异类》一书中指出，一万小时的锤炼是任何人从平凡变为世界级大师的必要条件。我常常带着朋友去参观汪钟鸣的工作室，无不为他的惊世作品和深厚的书法功底惊叹咋舌。先看看他的临摹功夫：几十米的长卷就有王羲之的《圣教序》、颜真卿的《多宝塔》、欧阳询的《九成宫》、柳公权的《玄秘塔》、赵孟頫的《三门记》、米芾的《蜀素帖》、孙过庭的《书谱》等几十卷。还有抄写成的《唐诗三百首》《宋词三百首》《元曲三百首》等十几部册页。更令人叹为观止的悬挂在墙上的一幅王羲之的《兰亭序》，不管是远观还是近看，都像是用现代技术影印或扫描出来的。无论是章法笔法，字形结构，运笔收锋，意连游丝，都惟妙惟肖。连原帖上的涂抹改笔，甚至几十个印章，都丝毫不差。观赏者都会在此驻足良久，服膺赞叹。

汪钟鸣的书法涉及楷隶篆行，均精通独到，个性鲜明。尤以行楷为最。这是用途最广普遍受人喜爱的书体，汪钟鸣也写得最多。特别是名山古刹、风景名胜、企业招聘、商铺牌匾，留有汪钟鸣墨宝者遍及大江南北。

友人引荐及慕名前来求字者不绝于室，而室内更多的则是学习书法的孩童及其家长。普及书法教育，培育更多的书法人才是汪钟鸣所追求的事业。早在黄山期间，他就举办各种培训班，收学员四千余名。来到北京之后，他依然不改初心，终年累月地办班授课。

汪钟鸣是书法大家，他的使命就是为了继承和传播中国的书法事业。看到这位老人对书法的执着与探求，我们常常会联想到他源远流长的家学文脉。汪钟鸣在作品签名的时候，往往会写上：唐汪伦四十五世裔孙汪钟鸣。

唐天宝年间，汪伦给旅居南陵的李白写信：先生好游乎？此地有十里桃花。先生好饮乎？此地有万家酒楼。李白欣然前往，却未见汪伦信中所言胜景。汪伦搬出桃花潭水酿出的美酒与李白痛饮，笑着告诉李白：桃花者，十里外潭水之名也。万家者，万姓之酒楼也。李白佯嗔问：为何骗我？汪伦曰：汪伦想念先生了。

适逢春风桃李花开日，群山无处不飞红。汪伦陪李白游览数日，临别时汪伦在古岸阁设宴，拍手唱《踏歌》相送，李白遂作《赠汪伦》：李白乘舟将欲行，忽闻岸上踏歌声。桃花潭水深千尺，不及汪伦送我情。

李白的千古绝唱，让汪氏家族享受了千余年的清誉和美谈，也使汪伦那崇尚诗文道法自然的纯美家风箕裘不坠薪火相传。汪钟鸣在自己的书法作品上，喜欢盖上一枚他最得意的闲章：桃花潭里人。

2020 年 5 月 28 日于北京

神 针 王

罹病遇良医，千年修来的造化。认识王修身教授，便是源自一场不大不小的病。2002 年 11 月，我去大厂县与友人小聚。中午喝了酒，是当地酿造的一种叫作老北京的酒。酒后又去蒸桑拿。那一天酒兴很高，我对与我一起蒸桑拿的副县长刘晓波说，这酒不错，口感好，喝多点儿也没感觉。刘晓波说，我车后边还有一箱，你都拿走吧。说拿便去拿，我们匆忙穿衣出来。外面的风很大，好像是那一年最大的风了，刮得走路都打晃了。后来想来，也许是因酒喝多了打晃的。须知当时我头上身上还满是桑拿里蒸的汗水，仗着身强力壮，也仗着酒劲儿，一点儿也没在意。

到了晚上好像也没有什么感觉，临到睡前洗漱的时候，突然发现嘴里含不住水了。对着镜子一看，嘴角歪斜了。第二天一早，我便急匆匆赶到北京医院就诊。女医生检查后排除了心脑血管的毛病，确诊为面瘫，便开了药。服的药是强的松，激素，大计量的，每天九片。医生还嘱咐先不要针灸，说是病毒引起的云云。那一段我的社会活动比较多，还有一个北京作家到温州访问的任务，机票都买好了。病急乱投医，除了吃北京医院开的激素，还听信广告买了一个疗程的天蚕片。几天过去了，病未见好，开始着急了。更要命的是，大量激素服下去兴奋得整夜不眠却毫无倦意。后来解放军医院的邢院长让我慢慢地将激素减下去，并建议我中医治疗。

正在这个时候，北京作家黄广生打电话约见，我说我得了一种见不得人的病。他说，你得艾滋病了？我说，是没脸见人，嘴歪了。他说，这好办，我带你去找神针王。第二天一早，黄广生便把我带到神针王家了。

神针王姓王名修身，年近七十，虽是满头银发，却身材健硕，思维敏捷，喜欢说笑，性格爽朗。他学医的启蒙老师，著名满医黄国珠，便是黄广生的祖父。黄国珠是王修身的外祖父，论起来黄国生该是王修身的表弟。因为这层很近的关系，神针王说什么也不收我的诊费，而且还对我格外眷顾。特别是神针王的老伴儿李玉香更是愿意跟我家长里短地闲聊，有时候还留我在他家用餐。我随着黄广生自然也跟神针王拉成了平辈，大大方方叫李玉香嫂子。

说来惭愧，尽管神针王名传遐迩，我们又居在京都，我却对他一无所知。到了神针王诊所，看到溥杰先生的题词，看到满墙挂着的各种荣誉证书及患者答谢的锦旗，我才愕然了。更让我愕然的是一盘八一电影制片厂拍摄的《神针王》的录像片，里面翔实地记录了神针王的医德、医术、医道，还有韦镇寰先生撰写的长篇传记《满医传奇》。尽管如此，我对神针王的了解依然是表面的、肤浅的。

反过来再说我的病，我是个好脸面的人，偏偏得了一种丢脸面的病。神针王看了看，说，这是小病，很小很小的病，多则五次，少则三次就能让你恢复原状。几针下去，我对着镜子一照，还用三五次吗？这一次便手到病除了，我完全可以出去见人了，粗心的人绝对看不出来。为了巩固成果，我还是坚持多治疗几次，后来治好了脸，又治腰，我的腰椎间盘突出又犯了。我一边治病一边加深对神针王的了解和理解，也一边向亲朋好友宣传介绍神针王。《作家文摘》的总编辑刘进元陪我一起去过，北京电视台制片黄殿琴跟我一起去过。不久黄殿琴还拍摄并播送了《京都神针王》的专题片。后来作为女诗人的黄殿琴还写了一部很著名的作品《京都奇叟》，王修身便是该作的主人公之一。

我和王修身一家人的友谊与日俱增，时不时地便去神针王的医馆看看。有病扎几针治病，没病扎几针健身。时间长了不去，嫂子便打电话来，说想我了，让我什么时候过去吃玉米面贴饼子。我也经常将一些得了疑难怪病的朋友介绍到那里去，去之前先要嘱咐，诊费照收，否则他们听说是我的朋友，是绝对不要诊费的。

一天早上，电视剧《渴望》的导演鲁晓威打电话给我，没说几句话便哭了起来。他说早上起床，突然觉得右臂没了，一头栽在了床底下。然后便是各大医院求医，说是臂丛神经麻痹，肌肉萎缩。西医对此束手无策，只能保守治疗，等待奇迹的发生。一个欢蹦乱跳的大活人，突然残废了，能不哭吗？我像当时黄广生安慰我一样安慰着鲁晓威，随后便把他带到了神针王医馆。

神针王给鲁晓威针灸让人心惊肉跳，胆小的真不敢睁眼看。二尺多长、自行车车条粗的大针从肩胛处穿过来，然后像拉胡琴一样两只手用力拉着。尽管这样，鲁晓威依然是一点儿感觉都没有。十几天之后，再进针的时候鲁晓威开始龇牙咧嘴了，再后来便嗷嗷大叫了，一个月之后右臂又找回来了，可以自己开着车到医馆了。鲁晓威在自己治病的同时，还把吴玉华带去了。吴玉华在《渴望》里崭露头角，后来在电视剧《篱笆·女人·狗》中出演枣花，更是声名鹊起。她患有胃神经紊乱，吃下的东西不往下面走，很是痛苦。与此同时，还有几个演艺界的朋友前去就医。那一段时间真有意思，躺在病床上的大牌明星导演，成了神针王医馆一道独特的风景线。我亦偶尔前去，医馆里显得格外热闹。

我经常看到医馆里去一些稀奇古怪的病人，多是在外面多方求医而无效的疑难杂症。从山东郓城来了一个小女孩儿，七岁，患的是重症肌无力，是她的父亲用两只胳膊托着她进来的。小女孩儿的浑身上下软塌塌的，四肢像面条儿，连眼皮都很难睁开。王教授为她针灸，真是一天一个样儿。眼瞧着她能抬头了，眼瞧着她能站立了，眼瞧着她能弯腰捡地上的硬币了。三个月之后，小女孩儿能跑能跳能上树了，高高兴兴地回家上学去了。还有一个来自俄罗斯的小伙子，十九岁，长得眉清目秀，英俊帅气，可就是不会说话。说哑巴又不聋，嘴里总是呜噜呜噜的。神针王只给他扎了一个疗程，小伙子能清清楚楚地说俄语了……

类似的事情还很多，除了病人，还有一些来自世界各地的记者和使馆工作人员。这些人主要是猎奇，听说神针王如此神奇半信半疑，到这里来验证一下。来的人都不会失望，好多人还成了他的朋友。神针王也因此交了许多国际友人，他到国外讲学、出诊的任务也多了起来。

我是与神针王交往一段时间之后才读《满医传奇》这部书的。翻开书便让我惊异不已，因为我也是写书人，这么一部书该怎么写呢？书中不仅写了神针王的身世及行医经历，更写了神针王的医德、医术、医道。医德医道尚可表现，医术该怎么写呢？书里记载王教授治病，不但记了病例，还记了治病的具体方法，而且还记了为什么要使用这些方法，使用这些方法的原理何在，令人叹为观止。再一看才发现，原来写书的人竟然是个方家，难怪能写出如此高深的医书。读该书，既知道了王修身是怎样一个人，知道他怎样给人家治病，还知道他为什么要这样给人家治病，知其然且知其所以然。这部书向读者介绍了一个有着崇高、敬业、奉献精神的王修身，还为王修身保留了一大批治病救人的良方良策，是一部既有认识价值又有研究价值的书。

再看看著书者，亦是了得。原来是个集医术、武术、作家于一身的全才。此公出身六代世医之家，自己在梧州亦开着医馆；此公亦是岭南武术传人，亦在当地开有武馆，收弟子数千；此公同时还是著作颇丰的作家，写有传记、小说、随笔若干部，并是梧州市通俗作家协会副会长。医术武术都是中国的国术，写好国术需要国学的根底，字里行间可以看出韦公此书的真功夫所在。我暗自庆幸，神针王算是找对了人了，换了别人不定会把这部书写成什么样呢。

2006 年 7 月 14 日于桑梓轩

皇族之恋

一曲长啼大厦倾，天生雷霆地生风。

戎马无意操干戈，囹圄有志习艺经。

荣辱沉浮皆为戏，苦辣酸甜总关情。

繁枝蜕尽高节亮，依旧渔樵唱晚晴。

这首诗是郭布罗·润麒八十大寿的时候，笔者敬献给他老人家的。如今，他已八十五岁高龄，仍然精神矍铄，壮心不已，嗜摩托，乐山水，行医治病，忙得不亦乐乎。

他曾有过高贵的出身和显赫的地位，他曾有过大起大落传奇般的经历，他是末代皇帝溥仪的妹婿，是末代皇后婉容的胞弟，从这个意义上说，他既是大清王朝的国舅，又是大清王朝的驸马。这一切都是过眼烟云，留给了半个多世纪的岁月风尘。现在，保留在这位耄耋老人身上的，是一颗童心、一份挚爱、一腔真性情，还有郭氏疗法的奇妙医术。

更难能可贵的是，他与爱新觉罗·韫颖之间的爱情，竟是缠绵悱恻、矢志不渝的。这是他们的旷世姻缘，又是他们终生的幸福。

一

郭布罗氏属达斡尔族，原籍黑龙江省讷河县。润麒先生祖上历代都是大清王朝的重臣，赫赫有名的长顺将军便是他的曾祖父。从他的祖父锡林布开始，他的家族便与清王朝最高统治者建立了世代联姻关系。锡林布的妻子是一位皇族的格格，他的父亲荣源的两位夫人也都是皇族出身。

婉容立为皇后，润麒被理所当然地封为二品顶戴，成了名副其实的“八千岁”。姐姐进了宫，他自然也就成了宫中的常客。虽说他只有十岁，却生得宽肩细腰，鼻直口方，一副英武雄姿。加上他生性活泼、大胆聪锐，初次“面圣”，溥仪便对他喜欢得不得了。

说来可怜，溥仪原本也是个聪明好动、热情浪漫的性格，自从他三岁登上龙庭，那冰冷的城墙和尘封的宫殿，便给他包上了一层厚厚的躯壳。然而天性难泯，见到润麒之后，溥仪的童心便不可遏制地苏醒了。润麒一进宫，他便留住不放，终日与之玩耍。一个威严震慑、神权天授的真龙天子，竟然也像村野乡童一般，带着皇姑御弟，玩起了捉谜藏、掏家雀、爬墙、上树的游戏。

润麒万万没想到，在这群玩伴当中，三格格韫颖会跟他结为伉俪，并成了他终身佳侣。

爱新觉罗·韫颖，号蕊秀，醇亲王载沣的嫡福晋瓜尔佳氏所生，女孩中行三，人称三格格。在醇王府的七个格格中，众所公认三格格长得最美丽。体态轻盈苗条，性格温和沉静，一双含情脉脉的大眼睛。润麒的母亲一进宫，便喜欢上了她。于是，便托婉容面奏皇帝，由溥仪指定，给润麒和韫颖订了婚。

二

1932 年暑假，正在日本留学的润麒在家人的催促下，回国“奉旨完婚”。

早在 1924 年，冯玉祥发动了“逼宫政变”，废除了辛亥革命时制定的《清室优待条件》，溥仪被驱出了紫禁城。翌年，溥仪潜住天津张园，润麒亦赴津“伴驾”。

在皇族中，润麒一向与溥杰过从甚密、志同道合，既有帮助溥仪恢复祖业的决心，又向往西方文化和西方科学技术。润麒自幼便对机械有着浓厚的兴趣，时至今日，他的房间里亦常见些小发明、新技术，还渴望着拥有一台电脑，这是后话。为了满足他们的要求，1929 年，溥仪便恩准他们赴日留学。

在日本，他们进的是专供日本贵族子弟读书的学习院，两年后毕业又进了日本陆军士官学校。润麒修的是骑兵科，溥杰修的是步兵科。

在日留学期间，有一个日本贵族小姐深深地爱上了润麒，并大胆地追求不舍。可润麒想着他已在国内订了婚，始终不敢越雷池一步。正在这时候，他接到了溥仪让他回国完婚的“圣旨”。血气方刚的润麒是有着大志向和大抱负的，本不想过早结婚。他对溥杰发牢骚说：“不知道皇上是怎么想的，让咱出来不是为了求学吗？这么早结婚建立家庭不是累赘吗？”

溥杰没说什么，他递给了润麒一封信。信是三格格韫颖写来的，托溥杰帮助她说服父亲，让她出来读书。润麒展开信笺，上面那娟秀的小楷和委婉的文字撞击着他的心弦。三格格在信中倾吐着她的苦闷，说在家庭那沉闷的空气里，终日无所事事，虚度光阴。她特别想出来读书、学医，将来做个对社会有用的人。只是父亲不准，家里又催着她结婚，自己的压力很大，非常痛苦……

读了这封信，润麒非常感动。原来三格格不仅温柔美丽，还是个有理想、有志趣的新型女子。然而，王府的千金，皇帝的御妹，是该大门不出、二门不迈的，怎么可能出来读书呢？

溥杰说，你要是跟她结了婚，再把她带出来读书，不就名正言顺了吗？

润麒被溥杰的话打动了，他决心回国完婚，把那可爱可敬的女子从地狱般的王府中救出来。

三

婚礼是在新京（即长春，伪满洲国的“首都”）举行的，仪式虽然简单，可是一切都是按照传统的习俗进行的，颇让这位东洋的留学生感到滑稽可笑。

润麒和婉容之间的感情是非常深的，婉容从小就十分疼爱这个天真活泼的弟弟。自从溥仪被日本人挟持到东北，建立了所谓的“满洲国”，当上了傀儡皇帝之后，与婉容之间的矛盾与怨恨便越来越深了。极度苦闷的婉容染上了毒瘾，身体越来越衰弱了。然而她还是强支撑着，精心筹划婚礼的每一个细节，尽可能把弟弟的婚礼办得体面些。

婚礼的前一天，婉容把韫颖叫到自己的房间里，拿出几样首饰，歉疚地说，你在这个时候嫁到郭布罗家，真委屈你了。

看着婉容那憔悴苍白的面容和浊泪盈眶的眼睛，韫颖心里一阵发酸，忙向婉容施礼说，多谢皇后主子恩典，韫颖怎么消受得起？

婉容把她拉到身边说，我早已万念俱灰了，心里惦记的只有这个弟弟了，郭布罗家或许他还有点儿出息，把他交给你，我就放心了……

润麒实在不愿意在婚礼上让人家当木偶似的耍来耍去，可是想到母亲和姐姐的良苦用心，也就入乡随俗了。

婚礼过后，润麒便携着新婚的妻子回到了日本。在大清王朝二百多年的历史上，皇族格格中她是第一个出洋的。她又兴奋，又紧张，又有几分迷茫。

润麒带着她来到了风光秀丽的三元山，这是日本著名的活火山游览胜地。他们登上顶峰，俯瞰深不可测的火山口，只见一湖碧水，倒映着蓝天白云，加上周围怪石嶙峋，丛木苍翠，有如进了神话中的仙境。

丈夫告诉她，这地方叫“地狱入口”，许多爱情不如意或受到阻碍的年轻男女，便相抱坠湖殉情，以求永世不离……

韫颖听了，吓得一把拉住了润麒，润麒顺势将她搂在怀里。韫颖仰起脸，深情地看着丈夫。

丈夫润麒长得英俊魁伟，又温存体贴，这使她感到有了依靠，有了归宿。

四

日本的士官学校是完全按照武士道精神建立起来的，有着极为严格的制度和极为冷酷的训练。无论雨雪风霜，也不管你生病受伤，只要一声令下，就是刀山火海，也要勇往直前。有一次训练，坦克成方队前进，侧面就是万丈悬崖。为了保持队列的整齐，润麒亲眼看到，一辆坦克直接开进了深渊。还有一次，润麒与学员们一起进行飞行训练，他前面的一个学员刚把飞机拉上天便栽了下来，烧成了一个火球。下一个便轮到润麒了，他二话没说就登上了飞机……

在一次夜间骑马拼杀训练中，他从马背上跌下来，摔在水泥壕沟里，膝盖上的骨头都露了出来。军医只给他抹了碘酒便包扎起来，没想到他对碘酒过敏，伤口溃烂化脓。他只好停止训练治疗，正是数九隆冬，医院连个火炉也没有，冷如冰窖。校方怕发生危险，只好批准他回家治疗。

韫颖见了丈夫那惨不忍睹的伤口，又惊又怕，心疼得痛哭失声。她担心发生意外，不要仆人动手，亲自护理丈夫。煎汤熬药，嘘寒问暖，终日守在身边。

润麒的伤口刚刚痊愈，又染上了肺炎。这种病在当时还没有特效药，非常危险。韫颖更加焦灼，用自己的全部情感和生命呵护着丈夫，量体温、查病情、喂药喂饭，昼夜不离。在她的精心照料下，润麒的健康很快恢复了。没想到他的病刚好，却把肺炎传染了韫颖。这回，守在病床前面照料的该轮到润麒了。望着病势凶猛、高烧昏睡的妻子，润麒慌了，在焦虑与无奈中，他只好默默地祷告着。或许是他们的挚爱感动了上苍，这一对年轻的生命居然从死神的魔爪中双双挣脱出来。

韫颖本来是抱着求学的理想随丈夫来到日本的，到了这东洋岛国她才发现，日本的社会风俗比中国还要保守。已婚妇女走出家门工作和学习，被认为是丈夫的无能。像她和润麒这样的身份，是理所当然地要求她过一种闲适的贵夫人生活的。虽然她不愿意如此虚度一生，可为了丈夫的尊严，她也只好听任命运的摆布。

润麒只有星期日才能回家，她大部分时间都是独守空房的。为了丈夫，她只好牺牲了学医的初衷，开始学习日语，学习茶道，学习插花，学习贵夫人所要掌握的一切。她勤奋机敏，孜孜不倦，就连他们的第一个孩子出生，她都没有中断学业……

五

前不久，笔者顺路来到了吉林省临江市的大栗子沟，半个世纪以前，溥仪就是在这鸭绿江边的小镇上宣布退位的。

1945 年 8 月，随着日本军国主义的溃败，溥仪的傀儡小朝廷已经如丧家之犬，惶惶不可终日。日本投降以后，溥仪在关东军的安排下，想渡过鸭绿江，经朝鲜去日本。到了临江他们才发现，江对面的土地已经被金日成将军的队伍控制了。他们只好在大栗子沟潜伏下来，伺机外逃。

润麒在日本学的是军事，回来后被任命为“满洲国”高等军事学校的中校教官。溥仪在几间低矮的平房前宣读完“退位诏书”之后，便挑选了八名随行人员，决定取道通化由沈阳搭机赴日。这八名随行人员中除了他的三个侄子、一个医生、一个随从外，还有溥杰、润麒、万嘉熙。剩下的皇后、公主、贵妃、大臣、皇亲国戚，均扔在了这荒山僻野之中。说是以后再来接他们，可是谁也不知道，这“以后”在何时。一时间，哀号遍野，顿足捶胸，忙忙乱乱，拉拉扯扯，可怜这些金枝玉叶、贵胄皇族，到头来却落个无家可归的凄凉下场。

润麒实在不忍心扔下韫颖，何况她还正在生病，又带着刚刚出生几个月的小女儿。作为一个男子汉，他有义务保护这孤儿寡母。可作为溥仪的臣子，“国难”当头，他只有走忠君这一条路。溥仪虽说退位了，可龙威未减；润麒虽说已是“亡国”之臣，却愚忠未变。

三格格来给润麒送行，她怀抱着小女儿，把一个收拾好的大提包交给丈夫。她神态格外平静，没有恐惧，没有忧怨，更没有责怪，即使在这生离死别的时刻，她也不愿意表现得悲悲啼啼。她这样做，一是为了保持自身的尊严；二是不给丈夫增加心理压力。润麒非常理解妻子这一片深情和苦衷，他不敢抬眼看她，只是匆匆地吻了一下女儿的小手，便跨门而去。

告别了妻女，润麒又去看望婉容。姐姐拥着被子坐在土炕上，形容十分憔悴。在病魔和鸦片的折磨下，她已经瘦得脱了形。但她的美丽并未减，她用那双秋水盈盈的眼睛看着弟弟，嘴角上挂着凄艳的微笑。润麒没有勇气再面对姐姐了，他猛地冲出了门。后面，传来了姐姐那悲切的呼唤，润麒，润麒……多少年之后，这呼唤始终在他耳边回响着……

六

润麒随着溥仪仓皇逃窜，原定从沈阳乘飞机到日本，下了车他们便惊呆了，沈阳机场已经被苏联红军占领了。于是，这伙“满洲国”的君臣乖乖成了苏联红军的俘虏。

不管怎么说，当了俘虏也算是有了结局。而留在大栗子沟的韫颖却像一片落叶似的在战火中飘零，受尽了磨难。

当时韫颖带在身边的是一个五口之家，除了八岁的次子光宗和仅四个月的小女儿曼若，还有两个多年跟随她的保姆。此外，她还要照顾病魔缠身的婉容和溥杰的日籍夫人嵯峨浩等皇亲贵族。

日本投降以后，通化地区便成了国共两军争夺“拉锯”的战场。为了生存，韫颖在大栗子沟的街头摆了一个小摊，变卖自己的首饰和从皇宫里带出来的物品。半个世纪以后，笔者来到大栗子沟的时候，还听到当地人谈起过此事。与我同行的刘进元先生的父亲，就曾从韫颖的摊上买过一把算盘和几块香墨。她用这些东西卖的钱，再买来玉米面、小米，甚至豆饼用来充饥。在那艰苦的岁月里，最好的饭食大概要算是不掺糠菜的玉米面窝窝头了。后来他们回到北京，有人送给小女儿曼若饼干，她竟不知道那东西可吃，哭叫着要吃窝窝头。

一个玉骨金身的公主，一个自幼养尊处优的三格格，在这荒山小镇上却练起了摊儿，顽强地担起了生活的重负。这或许是命运对她的捉弄，或许是生命给予她的体验。

灾难接踵而来。

她的次子光宗在外玩耍时被爬犁撞伤了，韫颖无钱求医，当地也没有医院。结果外伤感染，转成了骨结核，造成了终生痛苦。在奔波磨难中，韫颖又染上了伤寒。小女儿吃不到奶，差点儿饿死。后来遇上一个好心的军人，给了她一点儿大烟土，韫颖服下去之后居然奇迹般地活了下来。多少年之后她才知道，给她大烟土的军人原来是张学良的弟弟张学思。

直到全国解放以后，韫颖才带着家人辗转回到了北京。

七

1957 年春节过后，最高人民检察院宣布对郭布罗·润麒免于起诉，从抚顺监狱释放回家。

分离十二载天各一方的夫妻终于又团圆了。韫颖打开门见到丈夫的时候，没有惊喜异常，更没有抱头大哭，只是微微一笑。然而这微微的一笑，却冰释了多少沉重的感情和凄烈的思念啊！

不久，政府安排了韫颖的工作，她担任着北京东城区政协委员，还兼任着街道居委会治安委员。润麒回来以后，便在一家汽车修理厂当工人。两个人自食其力，靠工资养家糊口。昔日的公主和驸马，如今成了普通劳动者，成了一对恩恩爱爱的百姓夫妻。

他们很知足，很快乐。1961 年除夕，周总理夫妇在中南海宴请以载涛、溥仪为首的爱新觉罗家族。席间，周总理在给大伙儿布菜的时候，特意给润麒多夹了一条鸭腿，说，你是产业工人，应该多吃一点儿。

接着总理又问他干什么工种，润麒如实回答说，干钳工。

总理看了看他的眼睛又问，做小活儿看得见吗？

润麒说，戴花镜能看得见。

在一旁的中央统战部部长徐冰问，你是几级工？

润麒说，学徒工。

大家全笑了，总理却没有笑，皱皱眉头说，这不合适，你应该发挥你的特长。

没过多久，润麒便被调到了北京编译社，当了一名编辑和翻译。他熟谙日、德、英、俄等多种语言，在编译社他如鱼得水，确实如总理所关心的，发挥了他的特长。“文革”以后，编译社撤销，他被重新分配到中国社会科学院法学研究所工作。以后，又担任了全国政协委员，直至如今。

八

尽管没有做过广告和进行过宣传，很多人都知道北京有个“国舅神医”，他用自己创立的独特的“郭氏疗法”，治愈过许多常见病和疑难病。前来求医者络绎不绝，其中有不少是来自东北、西北乃至海外的患者。不久前，澳大利亚国家电视台摄制了一部专题片，向世界介绍了“郭氏疗法”，使慕名而来者愈众。

早在20世纪30年代，润麒在日本留学时，便专修过日本的瘀血疗法和中国的针灸学；60年代，润麒又曾师从著名医学家吴桓兴教授，学习过病理学和免疫学；70年代，润麒在研究中国传统经络学和现代解剖学中，发现足太阳膀胱经甲线的走向与人体植物神经的位置相一致，尝试用调节交感神经和副交感神经的方法，对某些疾病进行双向调节，收到了显著的效果。

从“文革”受冲击下放到山区开始，他便开始了悬壶济世的行医生涯。三十余年，经过了三千五百多例的实践，他对“郭氏疗法”不断完善、精益求精，博采众家之长。离休以后，他除了参加全国政协和其他社会活动外，主要精力都用在治病救命上了。

韫颖年轻的时候曾有过学医的梦想，没想到退休后却成了丈夫行医的助手。润麒的诊所就开在自己的家里，一套三室一厅的单元楼房。韫颖身体不好，患有脊椎压缩性骨折，腰痛腹痛时常折磨着她。可是，她对前来求医的患者从来不烦不厌，热情周到。患者来治病，她还常常留下吃饭。甘肃来个患者，生活非常困难，润麒不但给他治了病，临走的时候，还给他二百元钱作为路费，并给他买了面包、煮了鸡蛋让他路上吃。

润麒经常说，他这一生最大的幸运和幸福就是与韫颖的结合。特别是到了晚年，儿女大了，老夫妻相依为命，日子过得很平静，又很充实。尽管韫颖身体欠佳，却坚持不用保姆，做饭洗衣、养鱼养花、收拾房间，都是两个人自己动手。

半个多世纪的风风雨雨，从紫禁城到东洋，从皇亲贵族到普通百姓，他们的爱情像一坛老酒，愈久愈醇。1989 年，在全国妇联举行的全国金婚佳侣评选活动中，郭布罗·润麒和爱新觉罗·韫颖双双榜上有名，获得了荣誉奖。

九

为了完成《知音》杂志张茵小姐的稿约，我又一次来到了郭布罗家。润麒老先生正在给一位女大学生治病，我在客厅里敬候。在这些简朴的陈设中，最让我震动的是一高一低两个灵台。

韫颖是 1992 年因患膀胱癌过世的，享年七十九岁，润麒伴着她走完了坎坷而完整的一生。郭老让女儿制作了一个自己设计的灵台，里面供着韫颖的骨灰，上面摆着三张放大了的照片：一张是他们的结婚纪念照，一张是他们捧着“金婚佳侣”荣誉证书的合影照，还有一张是他们晚年的生活照。

在另一个较低的灵台上，铺着一块刺绣。上面的诗是郭老的亲笔：昔人对月酌，与影为三人，无月又无影，独坐惜昔人。

这首诗是郭老的学生小尹刺绣的。郭老的字酣畅俊逸，饱含深情；小尹的刺绣亦精工绝巧，梦牵魂萦。

韫颖仙逝后，有关部门派来湘妹子小李照顾郭老的生活。小李精心周到，又聪明好学。她来到郭老的家里，不但担起了日常的生活，还跟着郭老进修了日语，学会了“郭氏疗法”，成了郭老一个引以骄傲的学生。几年来，随着“郭氏疗法”闻名遐迩，不少人来拜师求学，得其真传者除了小尹和小李，还有铁梅。特别值得一提的是，有一位叫贺华太的马来西亚华人，不远万里前来求学，已经将“郭氏疗法”正式引到马来西亚，为更多的患者造福。

郭老见了我，便谈起了韫颖，面对韫颖的遗像，他背诵起了苏轼的《江城子》：“十年生死两茫茫，不思量，自难忘……”

老人的声音哽咽了，两行浊泪淌在他那雕刻着世纪风霜的脸庞上。我的心被这一片真情、一腔挚爱灼热了。

1996 年 11 月于桑梓轩

酬恩“三泪”绿华春

走进绿华春茶楼，你会感觉到一种浓郁而独特的味道。不是沁人心脾的茶香，不是古色古香的文化品位，也不是幽雅舒适的休闲情调，而是一种深深隐藏其中的情义。这“情义”中包含着一个震撼人心的报恩故事，也埋藏着一段不能忘记的历史。用主人公徐双春的话说，这感恩报恩的故事是由“三泪”组成的，亦即“热泪盈眶”—“泪流满面”—“声泪俱下”。

热泪盈眶

1966 年 9 月 3 日，在“横扫一切牛鬼蛇神”的运动中，父母亲以“富农”和“历史反革命”的双重罪名被赶出了北京，轰回了河南老家郾城。徐双春不但跟全家一起失去了北京人的城市户口，还失去了读书的权利。到了农村以后，不许他这个“狗崽子”上学，他只好跟大人一起从事原始的农业劳动。别人干一天活记十三分，而徐双春累死累活干一天，只能记三分。

1973 年，徐双春受不了政治上的歧视和生活上的虐待，从河南老家逃了出来，一路乘“蹭车”来到东北佳木斯友谊农场，投奔在这里“献青春”的姐姐。没过多久，徐双春又因为忍受不了这寄人篱下的日子，离开了友谊农场，当起了“盲流”。

十七岁的徐双春为了生存，受尽了苦难和折磨。他推过煤，筛过沙子，说过“书”，还给伐木工人修过鞋补过袜子。后来流浪到松花江边的富锦县，在一个好心人帮助下他找了一个去砖场挑土的工作，算是临时安定下来。在整个砖场，挑土是最苦最累又是工资最低的工作。挑一天土下来，累得腰酸腿疼，筋疲力尽，还要自己借老乡家的柴灶烧火做饭。这一切徐双春都咬紧牙关坚持着，坚持就能活下去，放弃这苦难折磨就断了活路。最让徐双春为难的是，干完这又脏又累的活却无法洗澡，更无法洗衣服，因为没有洗澡洗衣服的肥皂。砖场倒是有一个小卖铺，里面卖一种漆黑的劣质肥皂，还要凭票买。徐双春是个“盲流”，到哪里去找票呢?

这一天，他实在忍不住了，便敲开了小卖铺后面的窗户。从里面露出了一个姑娘的俊俏的脸庞。徐双春胆胆怵怵地说，能卖我一块肥皂吗?姑娘看了看浑身肮脏的徐双春，说，你下班以后来吧。

下班后徐双春又敲开了小卖铺的后窗户，从里面递出了一个报纸包，里面像是包着两条肥皂。徐双春急忙掏出钱，姑娘说，拿走吧。徐双春说，那怎么行，我一定要给钱。姑娘火了，你要不要？徐双春无奈，只好离去了。半路上，徐双春迫不及待地将报纸包打开，更让他喜出望外的是，报纸包里竟然是两条黄色的“高级”肥皂……

这个好心的姑娘叫藤梅，是城里来的插队知青。当时砖场有一个业余文艺宣传队，藤梅也是宣传队的队员。徐双春能说能写，经常为宣传队编一些小节目。这样两个人渐渐地熟悉起来，藤梅见这么一个有才华的小伙子却干这么又苦又累的活，很同情他，便对他说，我让父亲给你找一个别的工作吧。

几天以后，藤梅约徐双春来到她在县城的家里。藤梅的父亲是一个老干部，当时任县物资局局长。老人听藤梅介绍说，徐双春这个年轻人很“深沉”。这“深沉”二字奠定了老人对徐双春的印象，也深深地印刻在徐双春的心里。当时物资局正在盖大楼，老人便在建楼工地为徐双春找了一个装卸石头的活儿。徐双春对这工作很满意，虽然说也很累，让他最感到幸福的是干完活自己不用撅着屁股烧火做饭了。一日三餐，都有人做好热乎乎的饭菜。徐双春干得很卖力气，还主动地调度组织其他装卸工。徐双春感激藤局长，叫他叔。两个星期之后，藤叔又把他叫到自己的家里，对他说，听说你干得不错，还有点儿组织能力，这样吧，你明天跟刘主任一起去双鸭山驻寨吧。

驻寨类似于办事处，负责安排调度从双鸭山运往富锦县的物资。这等于一下子从最底层的苦力摇身变成了“脱产干部”，徐双春的心怦怦跳了起来。老人问，你有粮票吗？当时黑龙江的粮食是凭粮本供应的，只有出差需要的人才能开证明到粮库换粮票。徐双春想到了在友谊农场的姐姐，忙说自己可以找到粮票。老人说，不用了，让你婶先给你拿三十斤吧。

徐双春兴高采烈地走马上任了，他住的是招待所，吃的是食堂，干的是有职有权的工作。徐双春美极了，做梦也没想到能有这么体面的工作。更让他高兴的是，原来在砖场拼死拼活地干一天，只能挣一元多一点儿。现在工钱每天两元三角八分，还有一元三角钱的补助。徐双春感到真正翻了身，他不但能自己生存下来，还能省下钱来寄给父母补贴家用。

为了表示对藤叔的感激之情，他寄钱给在北京郊区的哥哥，求他买些好烟好茶及糖果寄过来。这一天，他提着这些东西回到富锦县，走进了藤叔的家门。

忐忐忑忑等到藤叔下班回家，藤梅抢先说，爸，你看小徐给你买了这么多好东西。

老人沉着脸，也不看徐双春，慢慢腾腾地脱外衣，换拖鞋，又慢慢腾腾地坐下来，一声不响地拉过烟笸箩装烟吸烟。徐双春知道，在这小县城里老人也算是“高官”了，可是他一直还抽叶子烟。徐双春想为他买点儿好烟，让老人“改善”一下。徐双春越来越紧张，是不是老人讨厌请客送礼这一套？是不是我这些东西在物资局局长的眼里太寒酸了？是不是老人嫌我……

老人终于说话了，指着徐双春那些礼物说，小徐呀，你一个人出门在外挣点儿钱容易吗？你整这些干啥？

老人说的每一句话，都是为徐双春着想。徐双春的鼻子一酸，泪水溢满了眼眶……

泪流满面

中秋节快到了，藤梅的小妹给徐双春打来电话，哥呀，快过节了，爸让你回来过节。徐双春说很忙，不能回去了。藤梅又打来电话，徐双春还是说没有时间回去。他确实很忙，他好不容易得到了这份称心如意的工作，他要珍惜，把一切都要做好做细，不能出任何纰漏，他不能对不起藤局长对他的信任。还有中秋节普天团圆，他何尝不渴望团圆呢？他望着天上的明月，思念着远在河南的父母，写下了这样的诗句：雨后繁星密，风静月儿圆。望月钩心事，游子几时还？藤家人让他回去过节，是可怜他同情他，可是他总觉得欠藤局长一家的太多了，实在不忍心再骚扰人家了。

藤局长亲自打来了电话，双春呀，怎么回事呀？这么多人叫你回来你都不回来，家里就缺你一个人了，你不回来这节怎么过呀？

徐双春的心被震酥了，家里就缺你一个，这话听着多亲切，充满了骨肉般的亲情。徐双春无话可说了，安排好工作，连夜乘火车回去了……

中秋夜，一家人围在热腾腾的餐桌上欢聚一堂，其情切切，其乐融融。饭后，徐双春走出院子，望着头上高悬的一轮满月，望着广阔无垠的东北大平原，感受着凉津津如水的月光，他心潮激荡，百感交集：他一个“狗崽子”，一个流浪儿，一个被人歧视遭人凌辱的“小北京”，居然在东北边陲有了一个家，一个充满了亲情充满温暖的家，这是何等的幸运和幸福啊！这家人对我太好了，可是我对不起这家人吗？我一直在欺骗着这家人，一直隐瞒着自己的真实身份，我一直说自己是河南的插队知青，说河南受灾投奔姐姐才流落到东北来的。他们不知道我是“富农”的子女，不知道我是“反革命”的儿子，不知道我是潜逃过来的，不知道河南那边还在抓我……我不能再隐瞒下去了，我一定要跟他们说实话，哪怕说了实话他们把我赶走……

藤梅出来了，关切地说，外面这么凉，你怎么站在外面，快进去吧。

徐双春说，小梅，有一件事我对不起你，对不起你们全家。

藤梅吃惊地问，咋的啦？

徐双春鼓起勇气，用最简洁的语言，用最快的速度，竹筒倒豆子，一口气把他的身世说了出来。

藤梅并没有表现出多少惊讶，平静地说，我爸爸早就说过，小徐这孩子身世不济，心有隐情。每当我们谈到有关家庭话题的时候，你总是有意地回避。当时我还要问问你呢，爸爸说，不要问，到时候他自己会说的，今天你果然说了。

藤梅说完这句话就回屋里去了。

徐双春一个人战战兢兢地待在院子里，说出自己的隐情，他心里痛快了，想到即将出现的后果，他又紧张起来。

过了一会儿，藤梅的小妹出来了，说，爸叫你呢。

徐双春进了屋，藤叔让他坐下。

徐双春紧张得连气都喘不过来了。

藤叔慢慢地说，小梅把你的事告诉我了，以后你从双鸭山回来，就不要住招待所了，就住在家里。让小梅跟她妹妹住一房间，你跟她哥住一个房间……

又是一个家，这一家人把他完完全全地收留了，并且还给他安排了房子。

徐双春原本想说几句感谢的话，可是话到嘴边他却说不出来了。泪水顺着他的脸颊流下来，他的双眼模糊了，声音也哽咽了……

声泪俱下

有人问徐双春的名字是不是有什么含义。徐双春说，他排行“双”字，又是春天出生的，取名的时候没有什么特别的意义，可是命运却让他熬过了一个苦难的寒冬。徐双春说，1979 年之后我的一切都是赚的，是我人生路上的第二个春天。

粉碎“四人帮”之后，北京落实政策的消息传到了东北。父母亲、哥哥姐姐也来信催促。落实政策是一件很复杂、很麻烦的事情，得有人锲而不舍地去跑，去上访，去找方方面面的人。这个任务很自然地落在了徐双春的身上。他把回去落实政策的事情跟藤叔一家人说了，一家人虽然舍不得让徐双春离去，但是想到他要为全家平反昭雪，又都积极支持他回去。

送行的饺子接风的面，这一天早晨，全家人为他包饺子送行。徐双春想到此一去不知道何时能回来，想最后再为这家人做点儿什么。他在院子里劈起了柈子，冰天雪地，斧头起落，木柈嘎啦啦劈开，又码成了一摞……

徐双春一边劈着柈子，一边回忆着这家人对他的大恩大德。他从河南潜逃过来，到处受到歧视和凌辱。在佳木斯友谊农场，他为了谋取一个农工的身份，每天都给知青澄水。那里的水含碱量太大，不澄就无法喝。就这样他依然不被承认，这天食堂吃炸大果子（油条），他排队去买，食堂管理员却对他说，正式职工还不定够不够呢，你先别排了……他流落到炼钢厂做临时工，业余时间为了讨好职工给他们说书，公安人员却说他在散布“封资修”把他抓了起来……在砖场挑土干到十月后上冻了，他只好到荒岛上去砍柴打草。荒岛上荒无人烟，每天都吃发了霉的玉米面窝头，没有菜，偶尔在草丛里捡到人们遗弃的半块咸菜就算过年了……“不是一家无私助，北大荒原早喂狼”。

想到这些，他的心像铅一样的沉重。他狠命劈着柈子，小妹来叫他，他不回去；小梅来叫他，他不停手。后来还是藤叔出来了，说了一句，你劈多少是个完呀，快回去吧。

他停下了手，跟着藤叔进了屋。

一家人围在一起，热气腾腾的饺子端上来。他用筷子搛起了一个饺子，送到嘴边只咬了一个角……

藤母说，吃呀，你怎么不吃呀？

徐双春再也忍不住了，声泪俱下地说，我……我吃不下啊……

绿华春报恩

1979年，徐双春与全家一起落实政策回到了北京，他迎来了自己的第二个春天。他在北海公园当过花匠，在街道小商店当过售货员，后来又当上了商店的经理。“小北京”又成了名副其实的北京人，“盲流”终于成了国家正式职工，徐双春最迫切的就是学习。他从小热爱学习，然而刚刚读到小学四年级就被赶出了教室。无论在河南老家那超负荷的原始劳动中，还是在流浪途中那饥寒交迫的困境中，徐双春一时一刻也没有放弃过学习。就是在松花江荒岛上砍草伐木的时候，捡到过一部没头没尾的《上海的早晨》，也如饥似渴地读着。有了工作之后，他要把被“十年浩劫”耽误的宝贵光阴夺回来，他自学了初中、高中的全部课程，又先后报考了三个大专班，并获得了中国社会科学院法学研究生学历。

徐双春不但自己持之以恒地学习，还在他所在的单位带动了一群人。他组织了各种读书会，参加了许多次读书演讲，压抑已久的热情和读书获得的智慧使他焕发出了无穷的活力，他抓住一切机会把每一项工作都做得很出色，徐双春也在西城区的青年干部中脱颖而出。他从一个普通的售货员到一个杰出的管理者，又从普通职工转为国家干部，一步一步成长得很健康、很扎实。后来他又在西城区商委、外经委、法制办、计委等多个部门任职，在他辞职下海之前已经是西城区计委副主任了。

古罗马哲学家西塞罗说过，一切美德我都想有一些，尤其是感恩这种美德，因为这不仅仅是最伟大的德行，而且还是其他一切美德之母。徐双春一直没有忘记松花江，没有忘记救他于水火之中的藤叔一家人。回北京之后，他先后四次回松花江探望，特别是1986年春节，他突然鬼使神差要带着老婆孩子回东北过年。想来后怕，他幸亏去了，第二年藤叔便去世。如果没有那一年春节的团聚，他会痛憾今生的。也就是那一次，他正式给藤叔藤婶磕头认为义父义母。

徐双春总是觉得藤叔一家人的大恩大德永远报不完，他报恩的能力也有限。而藤叔去世之后，藤家人的生活又陷入了困境。徐双春下决心下海赚钱跟他的报恩愿望有极大的关系，当然他还有一个更大的愿望，就是要把他这些年的经历写成一本书。这都需要积累，时间积累、经济积累、感情积累、文化积累等等。

下海挣到钱之后，他马上在北京买了一套大房子，将藤婶接来跟他一起生活。后来藤梅病了，又失去了工作，他又把藤梅接到北京治病。

藤梅也是个闲不住的人，在北京治病养病让她感到很无聊，总想做些什么。于是，徐双春花了一百多万元办起了绿华春茶楼，让藤梅出任绿华春茶楼的总经理。

藤梅将这家茶楼办得有声有色，在徐双春的帮助下突出了文化品位，使绿华春很快成了西城餐饮业的品牌，成了一个白领聚集、商贾相约、文人荟萃的场所。我们相信，这座蕴含着无限情义的文化茶楼会越办越好，折射出藤梅的生命活力和徐双春的人格魅力。

2005 年 9 月 10 日于北京西城

拓 荒 者

时年七十三岁的张先生该算是病情严重了，二十六年前他患上类风湿关节炎。从徐州某区教育局领导岗位上退下来之后，病情愈加恶化。双腿关节肿胀，剧烈疼痛，行动严重障碍，夜间无法入睡。近十年来又患上了冠心病、动脉硬化、肺气肿、肾结石等症。更加可怕的是，由于年轻时患上慢性肠炎，专家告知他其肠壁比纸还薄，且不能修复，随时有死于肠穿孔的危险。

张先生全国到处求医寻药，病痛缠身，生活不能自理。用他自己的话说，生不如死，并多次企图自绝。

正在张先生陷于绝望之际，遇到了美国归来并在徐州做临床医生的周瑞华博士。周瑞华用自己创立的免疫平衡学理论及科研成果为张先生治疗。两周后激素和类激素类药物开始减量，三个月以后完全停用。随着治疗，病人关节红肿消退，关节活动增强，直至行走自如。而身上的其他痼疾亦逐渐痊愈，连专家告知的比纸还薄的肠壁都恢复了正常。几年以后，周瑞华的友人专门去访问张先生，发现八十一岁的老人精神矍铄、行动灵敏，教师节还跟同事们一起去爬泰山。

这是一个可以随时求证的病例。几年以来，周瑞华用自己的理论和科研成果治愈了无数被病痛折磨的患者，建立了几千个同样具有说服力的病例。这确实是一个奇迹，这个奇迹是周瑞华博士创造出来的。

求学路上的苦行僧

1979 年，毕业于徐州医学院医疗系的周瑞华分配到江苏省人民医院做临床医生。

周瑞华祖籍山东安丘，1953 年出生于济南。父亲曾经是个著名的军旅医生。周瑞华和她的兄弟姐妹从小受到良好的家庭教育，在她学龄期，父亲就给她读中国古典诗词、中外文学名著及科学家的故事。加上她天资聪颖、求知欲强，从小便立志做个居里夫人那样的科学家。上中学之后，她对物理、化学、机械学特别感兴趣，甚至受“中国保尔”吴运铎的影响，想做一名武器发明家，用最有效的武器消灭最凶险的敌人。虽然那时候她还不知道“敌人”究竟是谁，究竟在哪儿。

周瑞华初中毕业之后，正好赶上那场史无前例的“文化大革命”，大学停止了招生，她也只好跟同龄人一起到江苏铜山县插队。作为知识青年的周瑞华依然没有放弃自己的理想和追求，在广阔天地里，她不但没有放弃对书本知识的学习，而且和当时许多热血青年一样，积极参加各种社会活动，自觉地与贫下中农相结合，主动接受“再教育”。很快，这个并非“根红苗正”的女青年不但破格入了共青团，还担任了团支部书记。1973 年，经过贫下中农推荐和考试竞争相结合，周瑞华有幸进入了她梦寐以求的大学府，接受正规的高等教育。

在一般人看来，能到省级大医院做临床医生已经是非常幸运、非常值得自豪的事了。周瑞华却不满足这一点，或许是儿时所接受的教育根深蒂固，或许是她原本就具备当科学家的天赋，在大学读书的时候，她便对基础理论格外迷恋。那些枯燥且无实践用途的生物物理和生物化学课程，一些同学根本不去上，一些同学上了也是为了应付考试，周瑞华却深入其中，乐在其中，苦苦求索在其中。几年以后，当大学恢复自学考试以后，社会上对当年的“工农兵大学生”便有了不少的非议。教育当局又安排了一次“资格认定”考试，考的是临床医疗和基础理论。对于临床医疗大家都不发愁，而那原来也没有认真对待的基础理论却早就忘到爪哇国去了。周瑞华这两门考试却都超过了九十八分，毕竟功夫不负有心人。

当上临床医生之后，周瑞华还是对这些基础理论情有独钟，刻苦钻研不辍。临床医生是很辛苦的，她住在医院的集体宿舍，该她值班的时候，她对每一个病人都认真负责，不该她值班的时候，一旦有事她肯定是主动到场。她视病人如亲人的付出得到了丰厚的回报，病人用最质朴的方式向她表示最真挚的感激之情，送鸡蛋，送锦旗，甚至下跪致谢。几年以后，当病人得知周瑞华要考研究生离开医院的时候，纷纷来找院领导求情，千万别让周大夫走。周瑞华心里暗暗叫苦，你们这是心疼我还是害我啊？

她学习理论，善于钻研，且大胆地学以致用。当时医院里常接收一些缺钾病人，常规的治疗是输液补钾。这种方式一是非常疼痛；二是非常缓慢；三是具有很大的危险，因为不慎补钾过高会使心脏突然收缩死亡。一天周瑞华在值班，遇到一位低钾麻痹症患者，全身不能动，几近瘫痪。周瑞华想到了关于钾在人体内的特点：在碱性环境中钾由细胞外向细胞内流动，在酸性环境中钾由细胞内向细胞外流动。如果不采取补充钾的办法，平衡身体的酸碱环境，不是同样能起到钾缺失的状态吗？于是，她试着给病人酸化体内环境，非常简便的办法，就是补充大剂量的 VC，她居然成功了，几个小时后，病人自己从床上爬起来回家了。

她非常欣喜，更加坚信基础理论对医疗的指导作用和创新进步作用。然而，院领导却对她进行了严肃的批评，因为她违反了医疗常规，这是绝对不允许的。

通过这件事周瑞华明白了，所谓临床医生，几乎可以说是按程序工作的熟练工种，不能越雷池一步，更无从谈起创造发明。她是一个不甘墨守成规的人，她一定要在科学上有所发现、有所发明、有所创造、有所前进。而要做到这一步，只有一个出路，考研究生继续深造。

南京是中国的“三大火炉”之一，夏天的气温常常会高达40℃。那时候，不要说空调，连电扇都没有。每天下班以后，周瑞华便坐浴在一个大木盆里，一只手用毛巾往身上洒水降温，一只手高举着书本在灯下苦读。冬天，南京又成了一个大寒窑，气温也常常下降到零下十几度。没有暖气及任何取暖设备，周瑞华只能钻进被窝，把棉衣棉被棉毯厚厚地盖了一身，压得她喘不过气来。这还不算，为了驱赶由于睡眠不足带来的困倦，在刺骨的严寒中她还要每天坚持冷水浴，先用干毛巾将浑身搓得通红发热，再把自己淋浴在刺骨的冷水中。如此日复一日，月复一月，年复一年，每天只能睡两三个小时甚至一两个小时的觉，这是一种超乎寻常的毅力。

大学毕业的白衣天使，容貌姣美气韵丰盈，又正值风华正茂的年轻人，他们的业余生活应该是多姿多彩充满罗曼蒂克的。或泛舟水上，或鸿雁传情，或人约黄昏后，或红酒轻歌曼舞。周瑞华又是个兴趣广泛热爱生活的人，她喜欢画画，喜欢音乐，喜欢古典诗词散文，喜欢纵情于山水之间……然而周瑞华把这一切都放弃了，她如此残忍地自虐，完全是为了一个伟大的梦想。

闯入生命科学的“罗布泊”

周瑞华对美国人写的《生物电导学》这一大部头的书产生了异乎寻常的兴趣，这和她准备攻克老年痴呆症有着很大的关联。当她翻开这本书的时候，便暗暗地狂喜起来，在这个世界上，攻克老年痴呆症非她莫属。

她对这本书反复地研读，光笔记就比好几本书还厚。渐渐地，她从对这部书的研读熟悉到对它产生了诸多的质疑。该作提出，生物电传导有电缆性质，即从高视位向低视位的传导过程中，电压会逐渐递减。周瑞华根据自己所掌握的理论认识到，生物电传导与自然界的电传导不同，在传导的每一个过程中，都会有电离子不断补充进来，在电离子转变中能保持电压的衡定。为了证实自己的推断，她查看了大量的资料，进行了无数次实验，终于写出了关于生物电导的新观念的论文。该论文的观点还间接引发了她关于老年痴呆症的新发现，并为此写出了论文。

然而，花了那么多心血写出的学术论文，在《中国老年医学研究》发表之后却没有任何反响。这让她感到很落寞、很不平。半年以后，该报上发表的一篇关于世界前沿医学动态的文章，却让她惊喜异常。该报道中提到美国弗吉尼亚大学和另一所科研机构在生物电导方面取得了最新进展，周瑞华看到，这篇文章所介绍的研究方向和研究方法与她所进行的研究是惊人的一致。她欢欣鼓舞信心百倍，坚信自己的努力与成功，也更加坚定了她报考研究生的决心。可是她该报考哪所院校、报考谁的研究生呢？周瑞华对此一无所知。不但她茫然，她咨询过许许多多的同学、同事、老师，都对她所涉猎的课题闻所未闻。她有意无意间闯入了一个陌生的领域，如同是生命科学领域的“罗布泊”，蛮荒且神秘。正是如此，才对探险家充满了极大的诱惑，她决心做第二个彭加木，义无反顾舍身求道。

那正是中国改革开放的初期，人们初始的热情在一片尚未污染的土地上蓬勃地绽放着。门户乍开，外面的新鲜空气有如春风化雨，催发着中国人的梦想之花。一个刚刚从国外考察回来的医学代表团到徐州演讲，这时候周瑞华已经从江苏省医院调到了徐州一家职业医院。周瑞华是绝对不会放过这让她增长见识的机会的，听完报告之后，周瑞华跑到了后台，找到了代表团的伍正谊教授。伍教授当时是北京医学院神经病理学赫赫有名的专家，越是大学问家越具有浓重的平民意识，周瑞华把自己的论文交给伍教授，伍教授当时便给予她极大的鼓励，并答应回北京后为她联系考研究生的事。

经过伍正谊教授热情的帮助，周瑞华的论文终于转到了中国医学科学院上海生理系沈鄂教授的手里，上海生理系有大名鼎鼎的冯德培教授，堪称是医学界的钱学森。沈鄂教授很快来信了，寄来了前两年研究生考试的试题，还有大量的参考资料。周瑞华如饥似渴地做着试题，日以继夜地读着那些珍贵的资料。然而，当研究生考试开始报名的时候，医院却不让她走，她找到卫生局，卫生局同样不放她。

看着自己面前堆积如山的资料和书籍，看着几年来自己的心血和汗水，周瑞华哭了。

第一年不放她，第二年不放她，当第三年她再报考研究生的时候，领导还是坚决不放，而一直关心她的沈鄂教授又出国工作了。考研究生无望，她该怎么办呢？

挫折并没有把一个不服输的女人击倒，周瑞华攀登科学高峰的夙愿没有丝毫的改变，她决定自己动手研究。

上级终于明白了她的苦心，专门拨一笔经费支持周瑞华的研究。周瑞华等着用这笔来之不易的钱建立自己的实验室，没想到这笔钱拨到医院却被挪用了。周瑞华无奈，继续一次又一次地跑，又争取到了一点儿资金。她的实验室终于建立起来了，只有一间小小的房间，白手起家，从安装仪器清洗设备到选择培养解剖小动物，一切都需要她自己动手。

就是在这样艰苦简陋的条件下，她的试验取得了一个又一个成功。在伍正谊教授多方帮助下，周瑞华教授的论文终于寄到了美国弗吉尼亚大学医学院。

弗吉尼亚大学发来邀请函，让她以访问学者的名义去该学院实验室进行科学研究。

后果可想而知，院方依然不放她。周瑞华不能再耽搁了，她已经不年轻了，耽搁不起了。她宁可辞职也不能放弃这一难得的机会。

于是，她展开梦想的双翼，飞向了令她神往的科学圣地。

怪异的美国导师和神奇的中国女人

在周瑞华的眼里，她的导师劳伦斯·伯沃克就是一个科学的天才，是一个为科学献身且声名显赫的英雄。他又是一个动手能力非常强的男人，实验室里的所有仪器都是他组装维修，连他的汽车坏了都自己修理。他对科学的迷恋是全身心的，日无昼夜，周无星期，年无假日，除了每年的圣诞节他例常休息两天，其余时间都泡在实验室里。为了简单的生活，他不让夫人工作，也不要孩子。他主攻的专业是 DNA 的损伤与修补，他对 DNA 的研究与熟悉，如庖丁解牛，游刃而有余。

周瑞华就是给这样一个科学精英做研究生的，这对她来说，是一个全新的工作。所有的仪器她都不懂，一切研究的方法她都如盲人摸象。没有人教她，她的导师要的只是她的工作和工作成果。加上她初到美国，连东西南北都分不清，庞大复杂的校园简直像迷宫一样，常常出去就找不回来。她还要处理生活上的事情，租房子、装电话、开账户、买汽车、买保险，这看来非常简单的事情，对于独闯异国他乡且语言障碍又很大的人来说，眼前就是一座一座的大山。尽管如此，工作却一点儿都不能含糊，别人做多少试验她也要做多少试验，对于要强的她还要比别人做得多、做得好。

周瑞华当时已经四十四岁了，她所承受的压力是难以想象的。她的精神已经到了崩溃的边缘，患了严重的失眠症，每天只能迷迷糊糊地睡一个多小时。

在世俗人的眼睛里，研究生是一种高等学历。周瑞华在实践中体会到，研究生只是学会一种研究方法，离确立研究选题创立研究成果还相差甚远，离一个真正意义上的科学家还遥不可及。好在周瑞华很快适应了这一切，她原本就是一个科研的狂人，近乎残忍的工作是严峻的考验，也是铤而走险的刺激。周瑞华每次都能出色地完成导师交给她的研究任务，让这位科学权威都感到异常惊讶，称周瑞华是“神奇的中国女人”。

按说到了这个时候，周瑞华该微笑着松一口气了。可是她不能，她到美国来的目的不是混个学历，也不是争取张绿卡，更不是为了找个让她安居乐业的工作。她是带着自己的科研课题来的。完成了导师交给她的任务，她一时一刻都没有忘记自己的科学使命。美国的秀美山川她没有去过，美国诸多好玩的地方她没有光顾过，美国那么多经典的电影和戏剧演出她没有欣赏过，她每天都是两点一线，从住处到实验室，连法定的节假日也不例外。

我们说过，周瑞华对医学基础理论的研究是下了苦功夫的。翻开现代基础医学理论，上面找不到中国人的名字，就像现代物理学化学生物学同样找不到中国人的名字一样。所有的科学领域都被先驱者占领了，当中国人觉醒的时候，神圣的科学殿堂里已经没有空余的位置了。然而，免疫学领域犹如遥远的银河系空间一样，是一片广阔无垠的未被开垦的处女地。上帝举起了发令枪，将中国人和西方人放在了同一条起跑线上，这是一个千古难寻的机会。周瑞华的身上蓬勃着一种难以遏制的激情，这是上帝对她的眷顾，她要是放弃这次拼搏便是对上帝的亵渎，对人类的犯罪。

她跟她的导师商量，可否用他的实验室做些她自己的项目。惺惺惜惺惺，伟大的科学家总是珍惜有追求的科学新人。周瑞华觉得，劳伦斯是个杰出的科学家，可惜的是他没有学过医学。在美国，科学的分工是非常精细的，每一个学科都有人研究得很深很透，他们缺乏的是整体性和系统性的全方位把握。如同他们钻了一眼又一眼的深井，却忽略了井与井之间的联系及与更广阔的江山湖海的关系。过去十六年的临床经验，对高度抽象统观全局的中国古典哲学的熟悉，对唯物辩证法的研究和把握，对矛盾对立统一规律的研读，对周瑞华的研究方向和研究方法都起到了至关重要的作用。

她所有的课题都是关于生命的健康与延续，经过寒来暑往无数次的试验，当她用自己的方法培养的细胞活力高出普通细胞三十五倍的时候，她知道自己成功了，在实验室激动地哭了起来。

大恐慌中的果断选择

20 世纪末，美国密歇根大学医学院发生了一个医学感染病例，所有的抗生素都失效了，连万古霉素都不起作用。万古霉素被称作是抗生素的“撒手锏”，不到万不得已的时候是绝对不能用的。一时间，医学界一片恐慌，难道人类又回到无药可治的时代了吗？这种恐慌，伴随着世纪末恐怖大预言，使美国的医学家们都感到了一种在劫难逃的灭顶之灾。

在这种波及甚广的大恐慌面前，周瑞华反倒非常清醒起来。有着丰富医学知识的周瑞华，深知抗生素抗药性是个医学的瓶颈，这个瓶颈没有人能跨越它。如何突破这个瓶颈，成了医学家们的神圣使命。周瑞华想，美国有这么尖端的科学技术，有这么一大群科学精英，他们都束手无策解决不了这个问题，肯定是思路错了。用新的抗生素与细菌的突变竞争是永远没有出路的，按照常规，一种细菌的突变需要五六代时间，人类经过五六代需要一二百年，而大肠杆菌每代只需要二十七分钟，几个小时就可以完成突变。

人类如果用开发抗生素与细菌变异赛跑，将永远是失败者。与其煞费苦心地进行“矛”与“盾”的轮回，不如回到人体本身，换个思路，从人体免疫系统出发，重新进行抗生素抗药性的研究。周瑞华借用的劳伦斯的实验室，是绝对不能有细菌的，该怎么办呢？周瑞华想到了科学的一种最古老的方法，理论演绎研究。早在十八九世纪的时候，没有科学的试验手段，许多伟大的科学家的科学成果，诸如经典物理学、经典化学、电力学、天文学等等，多是靠理论演绎的方法和数学计算的方法推导出来的。那些理论同样成为科学的经典，成为后来者进行科学试验的理论依据和宝贵财富。现在的理论演绎方法被忽略了，正是因为我们的研究手段太先进了，从某种意义上讲，先进的科学技术反而束缚了人类的灵感与思维。

就是在这种情况下，周瑞华创立了自己的免疫平衡学说。在当时的情况下，免疫学还是很生疏的课题，包括美国也很少有人去研究这个专业。而在国内，许多大医院还把免疫科和内分泌混为一体。周瑞华用一种通俗的说法解释了人体的免疫系统，一个国家为了维护自己的安全，要建立两大系统，一个对付外来入侵之敌的军队系统，一个是维持内部秩序的警察系统。然而往往是这种情况，一旦发现有入侵之敌以后，体内的免疫系统便会调动海陆空三军打一场人民战争，入侵之敌很可能在一个角落里隐藏起来了，而狂轰滥炸的后果是破坏了人体本身。周瑞华研究的方向是如何控制“军队”和“警察”的行动，让它们有的放矢地执行自己的使命，以最小的代价和牺牲，取得最有效的克敌制胜。

免疫平衡理论就是要解决抗原和抗体的问题，这是一个复杂到无以复加的大领域，需要一把钥匙开一把锁。而在这浩如烟海的庞杂体系中，如何找到那唯一的一把开锁的钥匙呢？单克隆抗体的诞生就是打开了免疫系统的大门，使我们能够重新认识生命、重新认识人体、重新认识疾病、重新认识所有的发病机理，在这里每一步都是创新，没有任何借鉴。这就是周瑞华抓住的所谓的世纪机遇，是让她大显身手的可遇而不可求的大舞台。

或许我们对周瑞华的理论和根据这种理论的科研成果还不甚了了，但是临床实践却让我们耳目一新和信心百倍，让我们看见了人类把握自身的曙光。

病痛中的上帝启示录

周瑞华特别渴望自己的科研成果能够用于科学试验，这几乎是一种痴心妄想。在美国，没有经过科学论证、申报、审批的药物是绝对不允许在人体上使用的，是犯法的，是要蹲监狱的。动物试验已经取得了相当好的效果，如何证明它对人体有效呢？

周瑞华为此而苦恼，苦恼使她焦躁，使她寝食不安，使她彻夜不眠，她终于病倒了。浑身疼痛钻心，关节僵硬，脚腕肿得像腿肚子那么粗，线袜子都穿不进去，手连弯都不能弯，床也不能下了。开始她以为是骨髓瘤，强挣扎着到医院就诊，血液抽出来后上面的血清都变成了“凉粉”，连化验都不能进行了，她被诊断为激进性类风湿。

听到这个诊断，周瑞华没有被疾病吓倒，反而高兴得忘记了病痛。这是一个典型的免疫系统病，这不正是她研究的对象吗？这是上帝又一次对她的青睐，在别人身上做试验犯法，在自己身上还不行吗？她回去之后，马上将自己研究的药物注射在体内，然后躺在床上，慢慢地体会病情的变化。孤身独处异国，连口水都没有人给倒。她只好顽强地忍耐着，到了第四天，她实在饿得受不了了，下意识地下床找东西吃。卧室里放着的是一个小冰箱，她去取牛奶，突然意识到，自己怎么可以蹲下了呢？再试一下，她居然能够站起身了，她又做了几次弯下腰又站起来的动作，虽然关节还在疼痛，但是可以活动了。她狂喜起来了，在卧室狂呼大叫起来。

用了六周时间，她的类风湿基本痊愈。她开始向周围的同事谈自己的理论和实践，说衰老是自身免疫系统自相残杀的结果，几乎所有的人都嘲笑她痴心妄想。她又开始孤独地试验了，她想用自己的理论制作一种抗生素的替代物。恰巧有个留学生患了丹毒，非常疼痛，是顺着淋巴管感染的，疼得都不敢走路。传统的办法是用点滴注射青霉素，周瑞华给她用了自己的产品，很快病情便控制住了，她又一次取得了令人惊喜的成功。

神圣的“祖国情结”

科学家和文学家一样需要灵感，灵感来自天赋，这或许没错，但更多的则是来自心血和汗水。周瑞华一个又一个灵感都变成了令人惊喜的成果，这个消息不胫而走，信息时代嘛。

精明的美国商人是不会放过这一机会的，如同周瑞华当年没有放过创立免疫平衡理论的机会一样。一个来自华盛顿的商团找到了她，要求跟她合作，并与她签署了保密协议。西海岸的一家商团也找到了她，给予了她丰厚的待遇：百分之六十的股份，五十万美元的原始股，每一个专利产品给她十万美元的年薪。

面对这些，周瑞华很兴奋，但更多的是忧虑。这些科研成果，都是她独立完成的，跟她的导师一点儿关系都没有，因为她的导师不懂医学。但是，她到学校去咨询过，如果她申报专利，专利权应该属于学校的。她也请教过律师，如果她在美国申请专利，专利则是属于美国的。她心里不平了，原本基础理论学上面就鲜见中国人的名字，为什么我辛辛苦苦创造出来的成果又成了美国人的呢？

一个庞大的代表团到美国来访问，其目的就是会见中国留学生，恳请他们回祖国创业发展。周瑞华参加了代表团的招待会，并且有幸见到了陈香梅女士。紧接着，江苏、陕西的代表团也相继来到了美国，动员留学生回国发展。神圣的“祖国情结”让周瑞华痛下决心，一定要回到祖国去，一定要让自己的科研成果上写上“中国”的名字。之所以说她痛下决心，这期间还有许多具体的困难，且不说她国内有没有相应的关系，有没有人能理解她的理论和实践，有没有人肯为她的项目进行投资，这些都是未知数。已知的是她自身的困难，她为女儿到美国读书申请了八次都被拒签了，最近好不容易批准下来，难道她能丢下女儿回国吗？

周瑞华说过一句发人深省的话，如果谁对祖国缺乏感情，那就让他到国外去，肯定会成为一个虔诚的爱国者。因为在非我同类的汪洋大海中，你就是中国，你就是中国人。“为什么我的眼里饱含泪水，因为我对这片土地爱得深沉。”

周瑞华经过几十年不懈的拼搏，终于找到了开启生命奥妙之门的金钥匙，现在我们又听到了笃笃的敲门声，那是周瑞华在用一颗拳拳赤子之心在敲击忠心报国之门。正像她的名字一样，我们有充足的理由相信她会给中华民族带来祥瑞，给人类送来福祉。光荣与梦想属于周瑞华，更属于中国。

我们欣喜地期待着。

2009 年 8 月于通州

四季海棠

一

二十年前，我和另外两名业余作者随浩然同志下乡深入生活，住在了一位大嫂家。

我是傍晚时才见到大嫂的，生产队正分柴火，她推着小山一样的棒子秸进了院门，我喊了她一声大嫂。她没有答话，放下车扭过头来，撩了一下被汗水黏在额头上的散发。她用这个动作告诉我，她正听着我下边的话。我问，您家有药锅吗？

她几乎是失声地问，谁病了？

我解释说，是浩然同志有慢性病，刚从公社卫生院抓了点儿草药。

她松了一口气，放下推车就出去了。我们帮助她卸柴火的工夫，她已经把药锅借回来了。

在她家的小院里，我们用砖头支起个小灶，烧糠醛渣熬药。她家务多，这点儿小事我们不让她帮忙。她倚在外屋门框上，一声不响地盯着我们的药锅。每过一小会儿，她就提醒我们一句，看看水，翻一下，千万别熬干了。直到我们把药熬好倒进杯子里，她才放心地离去烧火做饭。

大嫂叫李凤玲，长得苗条匀称，当时有三十五六岁，是个文静、温和又显得很有心计的女人。

大嫂的丈夫叫郑振和，在北京皮件二厂工作，她带着三个孩子，还要参加队里繁重的原始劳动。可是，她却把这个家治理得很好。三间半新的砖房，一个四棱四致的小院，院外是一个方方正正的小菜园。里里外外都归置得干干净净，连犄角旮旯都没有一点儿不顺眼的东西。

就在她家窗台下的小花坛里，我认识了四季海棠。大嫂对我说，它的花开得不大，也不怎么艳丽，可是它的叶子总那么鲜嫩，我就喜欢它这个鲜嫩劲儿。

二

大嫂总是一声不响，默默地忙里忙外。浩然说她是个暖水瓶性格的人，把所有的热量都蓄在心里，蓄得是那样持久。

我们住在她家的西屋。男人总是不大讲究的，每天起床，被子随便一叠就算了。等我们出去以后，大嫂就进去把被子重新叠好。我们的床单、枕巾还不大脏，她就给我们洗净压平。我们考虑到她那么忙，衣服换下来便马上洗了，生怕被她抢去。晒在外边的衣服，她一件一件地检查。洗得不干净的，她会把它重新扔进水里；有一点儿破损，她都细针密线地为我们补好。

有一天，我从外边回来，听到大嫂的屋里传出了歌声。那歌声很轻柔，像窗外飘起的那暖暖的花香。唱的是50年代颇为流行的《小二黑结婚》的曲调。隔着窗子，我看到大嫂正趴在花架上绣花（这是当时村里悄悄搞的一种副业）。见我进来，大嫂的脸红了。我心里一动，大嫂可能是想大哥了。

大嫂常常不知不觉地把话题引到大哥的身上，使人隐隐地感觉到，这对夫妻间深沉而凝重的爱。那一天我们休假回来，见到外屋站着一个中年男子，我立刻迎上去说，这是大哥吧？

大嫂没说话，却在一边笑了，笑得是那样甜蜜而自豪。事后她满意地对我说，还没容我介绍呢，你就叫大哥，叫得真亲。

三

两个大的是男孩儿，小的是女孩儿。大嫂很爱孩子，可是从来不宠着他们，对女儿小霞则有点儿例外。

小霞五岁，非常聪明可爱。她的眉毛特别黑，像男孩子的眉毛，这是给我留下的最深刻的印象。闲暇的时候，我常跟小霞一起玩儿，也常给她买些吃的和小玩具。我给她讲故事，教她唱歌。其间有这么一个歌谣：从前有座山，山里有个庙，庙里有个缸，缸里有个盆，盆里有个碗，碗里有个勺，勺里有个豆，豆里有个虫，虫子屙泡屎，让小霞吃了……每当说到这儿的时候，小霞就把脑袋一歪，扬着黑黑的眉毛说，不对，是让王叔叔吃了。

我们要走了，小霞整天围着我转来转去，舍不得离开一步。

大嫂则依然像往常一样，一声不响地帮助我们整理行装。然而她的眼睛里却闪着盈盈的泪光，甚至都不敢抬头与我们对视一眼。

临出门的时候，我发现我的背包里面鼓鼓囊囊的。我伸手一摸，是刚出锅的热鸡蛋，足有三十多个。我看着大嫂，没说什么。

大嫂问我是否回家，我点了点头。她拿出一把剪刀，走到窗前的花坛旁，选择了半天，剪下了两枝四季海棠，递给我说，这花插在花盆里就能活，拿回去留个念想儿吧。

我接过那两枝四季海棠。花枝很小，嫩绿的叶片儿闪着鲜丽的光泽，叶片儿中间泛起一层红晕；枝顶端开放着两朵桃红色的小花，花瓣儿中间夹着几束杏黄色的花蕊。整个花枝散发着一股淡淡的、暖暖的馨香。我把大嫂的心意用报纸包好，举在手里，生怕把它碰坏。

大嫂推着独轮车把我们送到车站，我们等着一天只有两班的公共汽车。我怕手热会使花枝蔫萎，便把它放在路旁的玉米秸上。汽车终于来了，我们和村民们抢着上车。突如其来的匆忙中却把那花枝忘下了。当我想起来时，痛惜得连哭的心都有。我辜负了大嫂的一片情义，常常为此愧疚得揪心。

四

我曾经许诺过大嫂一件事，说是要带个相机来给大嫂一家人照相。第二年五一前夕，我和文化馆馆长冯振光下乡选演员，顺路来到大嫂家。正赶上大哥在家，一家人热情地招待我们。席间，大嫂带着几分羞赧的神色说，小王，今天你要是带相机来多好，正好你大哥在家。

我悔愧不已，冯振光却慷慨激昂地说，大嫂，照相别找他，他是二把刀。这件事包在我身上，过五一我专程来一趟。咱开着一辆小汽车，到北京去照。

大嫂信了，满意地笑了。

后果是可想而知的，我这位冯老弟不但没有开着小汽车来给人家照相，恐怕连这位好心的大嫂都忘记了。

我没有忘记大嫂和孩子们。

这一年冬天，我和我的朋友徐天立到牛堡屯公社蹲点。这里离大嫂家只有几里路，我约他跟我一起去看望大嫂。

大嫂的屋门院门都锁着，我问房后玩耍的几个小孩儿，小霞家的人呢？

小孩儿七嘴八舌地说，搬北京住去了，户口也迁走了。

我不再问了，骑着车往回走。

一家农民把户口迁到北京，比当今在美国混个绿卡还难，这简直是一件惊天动地的大事。我应该为他们高兴，为他们庆幸。可是不知为什么，我却怎么也高兴不起来。那一天的天气是阴沉的，我的心也压抑得喘不上气来。徐天立问我，你怎么了？是什么触动了你？

我说不上来，我只觉心里很沉重，想哭。

我决定抽空到北京去看望大嫂一家人，又总是抽不出空来。

第二年夏天，我在马驹桥公社帮助麦收，忽然接到宣传部刘部长打来的电话，让我回去一趟。我骑车赶到县委大院，刘部长正好从楼上下来，他冲着我朝传达室指了指。还没容我醒过闷儿来，一个中年男子领着个小女孩从里边走了出来。我一下子愣住了，这不是大哥和小霞吗？

我把他们领进我的办公室，便急切地问，大嫂怎么样，给她安排了什么工作？

大哥看着我，眼睛里噙满了泪水。一种不祥之兆像大山一样向我压下来，大哥，到底出了什么事？

去年十月，她得了白血病，十八天就不行了……

小霞坐在椅子上，两只脚晃动着，泪水顺着她那鲜嫩的脸颊无声地流着。

我把小霞紧紧地搂在怀里……

五

整整二十年过去了，我时时想起大嫂，想起那被我遗失的四季海棠。

癸百岁末于桑梓轩

我的启蒙老师

一

严格地说，我的启蒙老师该算是爷爷。

在我们那个贫穷偏僻的小乡村里，爷爷是“字眼儿”最深的一个人，被乡亲们称为王先生。他到底读过多少书我不知道，只知道他不但会对对子，会吟诗，还能讲解《论语》《孟子》《中庸》《大学》以及《诗》《书》《礼》《易》《春秋》等。要是科举制不废除，估计一定能考取一个贡生什么的，这话是伯父说的。

我还知道他的毛笔字写得极佳，曾为村公所在粉白的墙壁上抄写过《婚姻法》，是我亲手为他捧的砚台。那俊逸劲健的柳体字直到十几年后的“文革”时才被红卫兵粉刷掉，换成了用美术字写成的毛主席语录。

“师者，所以传道授业解惑也。”这话是韩愈老先生说的，可爷爷却把它简化成了四个字：写、念、讲、算。写是写字，当然是毛笔字，现在叫书法了；念是吟书，不是读书，不但要吟得有滋有味，还得背下来；讲就是讲解了，那就不是一般的学问了；算是指珠算，也讲究四则运算，不叫加减乘除，叫乘除归留。

我那时四五岁，按现行的说法该叫学龄前教育。先易后难，从念和算学起。第一本书该学《百家姓》，没找到，便先学了《名贤集》。所谓名贤集，就是古代圣人贤哲的语录，讲的都是为人处世的大道理，开宗明义就是“但行好事，莫问前程，与人方便，自己方便”。

爷爷住的老屋让给伯父了，我家在村西新盖了三间土房，爷爷便赁居在村南的两间小场房里。那小场房是谁家的不记得了，只记得同时也是大兴农业生产合作社的社址。那时是初级社，每天晚上社干部都要在这里开会。开会也不避着我们，他们开他们的会，我们念我们的书。爷爷教书的方式像是燕子喂食，一口一口地往我的嘴里塞。我趴在煤油灯下念，他根本不用看书，早已烂熟于胸了。

与我和爷爷住在一起的，还有一位白胡子老爷爷，姓什么忘了，只知道他是个外乡人，来投奔村里一户阮姓人家，权且也当他姓阮吧。白胡子老爷爷“字眼儿”也不浅，还常常为某个字某个词跟爷爷争论。等于是两位先生教我这一个学生。有一回阮爷爷教我念到“晴干开水道，须防暴雨时”一句时，爷爷非说读“堤防暴雨时”。两个人争了一晚上，都那么自信，谁也不说拿过我的书本核实一下。那时他们是只教读书背书，不教识字，等我上学后识了字，才知道是爷爷错了。

整整一个冬天，那本《名贤集》我已经背得滚瓜烂熟了。两位老人开春后要教我珠算。家里没有算盘，我便到三里外的姥姥家去借。大舅也读过私塾，当时好像还在农业社里当会计。我借算盘那天住在了姥姥家，大舅教我“小九九”，我们那个地方叫“小加九”。就那一个晚上，我仗着点儿小聪明，居然把“小加九”的口诀都背下来了。

大舅还教了我一个诀窍：小加九不用打，下面俩上面俩；小加九不用数，一千一百五十五。

回来以后，我还没等两位老师教，就先给他们背起了“小加九”的口诀，还把最后的计算结果打在了算盘上。这可伤了两位老人的面子，哪有不用教就先会了的学生，难道是生而知之不成？在这一点上，强烈的自尊使他们达成了一致，不再教我珠算，改教《千家诗》《六言杂字》以及后来终于找到的《百家姓》，合着我的算盘白借了。

二

我们村东有一座大庙，庙里有一棵老槐树，老槐树下是一个戏台，戏台后面是大殿。中华人民共和国成立后，请出了菩萨办学堂，大殿就改成了教室。学堂的第一任老师姓杜，挺胖，挺喜兴，见了人总是笑嘻嘻的，可是村里人却都戏称他“杜鲁门”。那正是抗美援朝时期，杜鲁门是美国总统。

当时我的二姑是在校的学生，她常常带着我到学校去玩儿。杜老师很喜欢我，总是拿一些吃的给我。看着二姑他们读书上课，我羡慕极了，盼望着快点儿长大，好来当杜老师的学生。

可不知道为什么，轮到我上学的时候，杜老师调走了，换了一个张老师。我至今还记得他叫张宝昆，是大运河东边的大甘棠人。

张老师是高个子，样子有点儿凶，脸上还有点儿麻子，村里人叫他张麻子。不像对杜老师那样当着面叫，只能背后叫。

我有点儿害怕张老师，他的脾气很大。有一次，他抓到几个逃学的学生，命令他们在院子里罚站。他铁青着麻脸吼叫着，把我们这些没逃学的学生都吓得浑身发抖。

有一天，张老师让我和另一个学生给他去买麻酱。当时，在我们这些穷孩子眼里，张老师就是属于特殊阶层的人了。经常有一些关于他“奢侈”的事情在我们中间传播，比如有人说他做面条的时候，曾经用香油和过面。仅仅就是他经常吃麻酱这一点也够让我们眼馋的了，有的孩子活到六七岁，还根本没闻到过麻酱是什么味道。

买麻酱要到七八里外的小红门，那里已经属于大兴县的地界了。我们买麻酱回来的路上，总是抵御不住那瓶子里的诱惑。一会儿打开瓶盖闻一闻，闻出了馋虫就用舌尖儿舔一舔，舔得馋虫一个劲儿咬我们的心，疼得受不了了，就用手指抹出一点儿，放在嘴里慢慢品味着。没想到，越吃越馋，越馋越管不住自己。回到村口，整整一瓶麻酱已经被我们吃个精光。直到这时，我们才觉到问题的严重性，回去怎么跟那个厉害的张老师交代呀？

我们不敢回去，在村边坐着，坐到太阳都落了山，还是一筹莫展。忽然，那个同学说，你看张老师找来了。我抬头一看，可不是，张老师正大步流星地朝村外走来。大概他见天黑了，我们还没回去，着急了。那个同学吓得拔腿就跑，我却跑不动。眼看张老师已经到跟前了，我急中生智，将那个空麻酱瓶往地上一摔，罐子碎了。几乎与此同时，我哇哇大哭起来。张老师过来了，他问，我说不小心把麻酱瓶打碎了。他看了看地上的碎玻璃片，没说什么，拉着我朝村里走去。

我自以为得计，没想到干了一件最愚蠢的事。是二姑后来告诉我的，张老师对二姑说，罐子摔碎了，那麻酱哪儿去了，怎么玻璃片上一点儿麻酱都没有？

为这事，我一直羞于面对张老师，而张老师却从未对我提及过此事。我心里暗暗地感激他。

我的学习成绩一直都很好，任何一个老师都喜欢成绩好的学生，那是他劳动能力和劳动成果的具体体现。

我学习成绩好的原因，除了爷爷对我的早期教育外，还得益于父母亲对我的辅导。我上学期间，也正是父母读书的时候。他们上的是扫盲班。我最早认字就是母亲教的，那时她纳鞋底，鞋底的编号是罗马数字，母亲便把她从纳鞋底的那里学的罗马数字教给了我。后来她又教我注音字母，是她在扫盲班学的。父亲则教我认《六言杂字》上面的字，那是一种很实用的识字课本。我最喜欢读的两句话是：刀切花卷蒸饼，裹馅玫瑰红糖。念到这两句话时就流口水，那会儿饿。

说到饿，有一件事让我至今想起来都很难受。不知道为什么，张老师后来辞职了。换了个姓苏的女老师，虽说她没教过我，但我后来跟她关系却很好。张老师一直没有再回来，直到“三年困难时期”，他来了，是肩上背着一条布口袋来的。他是来借粮的，从村东走到村西，进了一个门又出了一个门，一粒粮食都没有借出来。最后，还是背着空空的口袋离去了。不是村里人没情义，实在是家家户户都没有粮食。

这件事我是听母亲说的，母亲说的时候流泪了。每当我想起这件事的时候，眼前便出现张老师的背影：高高瘦瘦的，背着一只瘪瘪的布口袋，迈着艰难的脚步，失望地离开了小乡村，远远地去了……

1996年3月于桑梓轩

第 二 辑

巴罗萨的中国酒庄

一

时令已经进入初冬季节，南澳的阳光依然灿烂得耀眼，强烈的紫外线照射在人裸露的肌肤上，有一种灼热感。一大早，牛晓谦便开车带着我奔向了他的酒庄。出了阿德莱德城不远，便进入了巴罗萨地区。奔来眼底的是一片片色彩艳丽的葡萄园，这些葡萄园铺展在朝向不同的山坡上，形形色色，简洁齐整，像是用手工刺绣的锦缎。每一个葡萄园里，都排列着林荫，簇拥着玫瑰，在林荫与玫瑰的掩映下，是风格迥异又敦实古老的建筑。这些神秘的建筑中，生活着一代代的葡萄庄园主。他们亲手栽培着葡萄，亲手酿造着美酒，酿造着生活，酿造着他们的历史和未来。

早在两百多年前，德国人发现了巴罗萨，并且把栽培葡萄和酿造葡萄酒的技术引来，成就了独具特色的巴罗萨葡萄庄园。此前，我们曾经游览过安道夫小镇，那是德国移民的杰作，建筑、商店、美食都洋溢着浓厚的日耳曼风情。牛晓谦告诉我，在巴罗萨地区，像这样的小镇有五个，每个小镇都辐射着几十个葡萄庄园。牛晓谦的庄园便是其中的一个，犹如灿烂星空中一颗闪耀的星星。

酒庄的名字叫 Purple house 1911，意为 1911 年建筑的紫色的房子。他是从一对德国后裔的老夫妇手里买过来的，老夫妇跟他们的祖辈父辈一样，继承了酒庄并在酒庄里生活了一辈子。他们有一个女儿，在墨尔本，无法继承他们的酒庄。酒庄易主后，老夫妇送给牛晓谦一个礼物，是一面澳大利亚的国旗。这面国旗和他们家族的老照片一起，原样保留在老房子里。老房子是用石头建的，外面缠绕着一百多年前紫色的老藤。

这是巴罗萨地区第一个中国人的酒庄，到目前为止也是唯一的一个。今天是酒庄酒窖出酒的日子，他搞了一个热闹的 Party，前来祝贺的除了中国朋友，还有附近酒庄的外国邻居。大家品尝着他们用自己的葡萄酿造的干白酒和干红酒，评价中有许多发自内心的溢美之词。酒瓶上的酒标是他的儿子牛天放设计的：一个心形图案，正中有一滴从心里流淌出来的酒，象征“用心做酒”的理念。这一滴酒也可以看作是一滴从心里流淌出的眼泪，传说葡萄酒为“天使之泪”。背景是酒庄的素描图和老式墙纸的纹路，显示葡萄园一百年的历史积淀。

二

澳大利亚是葡萄酒的盛产地，而且品牌众多，质量优良，在世界葡萄酒市场上占有重要的位置。长期以来，中国人却对澳大利亚的葡萄酒所知甚少。直到近十年，随着向澳大利亚移民的中国人日益增加，也把葡萄酒的信息传送到了中国大陆。最早做起葡萄酒生意的自然是移民澳大利亚的中国人，他们卖酒主要不是为了赚钱，而是为了适应移民政策的所需，创造商业“业绩”。如此一来，加之做酒生意的人不懂得酒，引进大陆的多是“质优价廉”的工业化生产出来的勾兑酒。因此，长时间以来，大多数中国人并没有品尝到真正的澳大利亚酒，澳大利亚酒的声誉并不响亮。

就是这个状况把牛晓谦刺激起来的。为了让中国人品尝到正宗的澳大利亚酒，他在南澳地区进行了的艰苦而惊喜的酒庄寻宝之旅。南澳洲是葡萄酒的主要产区，其中百分之九十的酒产自家族式的酒庄。这些酒庄承载着各自家族的历史和情感，又根据各自的葡萄品种和生产年份以及不同的酿造工艺，生产出了个性化非常鲜明的酒庄葡萄酒。

好的葡萄酒在酒庄，酒庄散落在各个葡萄种植区，规模小产量低，而在澳大利亚，进入市场的门槛又高，所以大多数的酒庄酒都是自产自销的。“养在深山无人问”，好酒也怕巷子深。来自善于“组织起来”的中国大陆的牛晓谦，便萌动了把分散的酒庄联合起来，集中打入市场的想法。

历时三个多月，行程五千多公里，几乎跑遍了巴罗萨、麦克拉仑、库纳瓦拉等主要葡萄酒产区，拜访了近百家酒庄，品尝了百余种酒，最后选中了十一家酒庄，成立了“南澳酒庄联盟”。这十一家酒庄，拥有葡萄园二百七十公顷，种植西拉、赤霞珠、歌海娜、霞多丽等三十多种葡萄，每年可酿造五十多个品种五十万至八十万瓶葡萄酒。

为了把这些能代表澳大利亚的高品质高档次的葡萄酒推向中国大陆，牛晓谦提出了“三心二益”的经营理念：用心挑选用心酿酒人酿出的酒，提供给用心喝酒人，让酿酒人“受益”，让喝酒人“受益”。

三

决定酒的品质的关键，一是酒庄里生产的葡萄；二是酿造师的技术与灵感。

要卖酒先要懂酒。懂酒不仅仅是品酒，更要懂得酿酒。酿造与种植是不可分割的。好酒出在酒庄，酒庄是什么，是酿酒人的梦想家园。他们祖祖辈辈生活在这里，这里是他们的根基，是他们的情爱，是他们繁衍和生息的乐土。拥有自己的酒庄才能是真正懂得酒、懂得酿酒的人。

牛晓谦收购了 Purple house 1911 酒庄之后，又接连收购了两家酒庄。

Party 开始之前，他开车带着我显摆了他的三家酒庄，我很为他自豪，问他当庄园主的感受。他说，脚下踩着自己的土地，觉得很踏实。他又说，这些土地并不肥沃，葡萄架下那些土壤，上面都掺杂着沙砾石砾，属于半黏土，种粮种菜都不行，只适合于种葡萄。这且不说，你看所有的葡萄庄园除了树之外还种着许多玫瑰，知道为什么吗？玫瑰不但花美，心灵也美，它把害虫招到自己的身上，保护了葡萄。葡萄架下还种有许多杂菜，故意让这些杂草跟葡萄抢养分，迫使葡萄的根系往下扎。寒门出孝子，白屋出公卿，在逆境中成长起来的葡萄才是最优秀的葡萄。呵呵，他是在讲葡萄吗？

澳大利亚不是一个勤劳的民族，酒庄里却找不到懒惰。一个美国的父亲，投奔女儿来到了酒庄。他既是员工、技术员，又是酿酒师、推销员，风里雨里阳光下，一顶草帽，一张绛紫色的脸。如果你跟他握手，就会发现，那真是一双劳动人民的手，坚硬得像花岗岩，粗糙得像老树皮。此前在美国，他是一个 IT 工程师，坐在豪华的工作室里搞编程，休息的时候，一边咂着咖啡，一边思念着远在天边的女儿。从一个高端现代化的办公大楼，到一个几乎是原始劳作的葡萄园，这是多么大的反差啊！

他很快乐，他找到了安静，找到了安放灵魂的地方。当 IT 工程师，是受技术操纵的傀儡，完全不知道自己是谁；在这白云飘绕的葡萄园里，他时时刻刻都生发着表现自己的灵感，他的梦境是由自己设计的。还有什么比当一回自己活得更有意义呢？

四

如果说牛晓谦是 Purple house 1911 酒庄的庄园主，那么小丁便是酒庄的大管家了。一见面，我便喜欢上了这个热情、专注又规规矩矩的男孩儿。他来自广西南宁，毕业于中国农业大学和阿德莱德大学，学的都是葡萄栽培和葡萄酒酿造专业。毕业当年，他便来到了这个酒庄，是他的老师黄卫东教授推荐给牛晓谦的，牛晓谦信任他，把整个酒庄都交给了他。

他整日整月地在这里吃住，在这里劳作，一个人守着这么大的空房子，经营着这么一片寂寞的葡萄园。别忘了，他只有二十五岁，正是青春躁动跳塌地唱破天的年龄。还记得在潮涌般的人群里拳打脚踢强攻抢占的春运火车吗？还记得需要后面的人流推搡才能涌得上去的北京地铁吗？还记得嗡嗡嘤嘤吵破屋顶的大小餐馆吗？还记得夜里三点就要去排队的求职大厅和公务员考试报名点吗？从人流如蚁的国度来到这人迹罕见的世外桃源，你不寂寞吗？

他说，忙的时候没有时间寂寞，闲的时候也不会感到无聊。

这么大的一个葡萄园，要修剪，要施肥，要浇水，要采摘，还要酿酒。忙的时候，每天需要在葡萄园里干十几个小时的活儿。没有人能帮助你，在这里雇工是非常昂贵的，即使是百年老园和百岁老人，也要亲自打理这些工作。同是一个葡萄园，今年的气候条件和往年不同，今年的管理措施不同于往年，今年的采摘时机有别于往年，都会酿造出风格迥异的酒来。这个过程有点儿像创作一部长篇小说，你们在全身心地投入创作的时候，感到寂寞吗？不，当然不。

闲暇的时间是有的，葡萄采摘完了，酒酿出来了，温馨地酝酿着下一年度的希望。这时候是酒庄最美好的时候，小丁会开着车到处跑，到处都是酒庄，到处都飘着酒香。随便进入哪一个酒庄，都会受到贵宾一般的欢迎。离酒庄两公里处有一个小镇，也可以叫作小村庄。林荫中的建筑散落成几条若有若无的街道。到了晚上，家家户户的小饭馆都是灯火通明，你也可以随便进入一家，找个座位坐下，并把自己的酒放在桌前。立刻会有人热情地跟你打招呼，每一张餐桌上都有酒，都是从自己的酒庄里带来的。大家很随意地凑在一起，相互品尝着美酒，像是互相欣赏着各自的手工艺品。

让小丁极为自豪的是，他有自己的酒：葡萄是他亲手种的，是他亲手采摘的，酒是他亲手酿的。他是幸运的，在欧洲，只有十年以上酿酒经历的人能独自酿酒，才能称之为酿酒师。他刚刚从学校门出来，牛晓谦就让他酿出了自己的酒。成功了，你就是巴罗萨最年轻的酿酒师；失败了，无非浪费点儿葡萄。

相互品尝着酒，也常常展开热烈的讨论，不但讨论酒，还讨论美食：白酒适合吃咖喱鸡，红酒适合吃烤羊排……有人欣赏你的酒，你便找到了知音；有人要买你的酒，你便交到了朋友。

在这个世界上，喧嚣繁华到处都可以找到，而悠闲宁静与和谐，只有在巴罗萨才有。小丁如是说。

五

酒是有灵魂的。牛晓谦说得有点儿神。他说，你还不信，什么人酿什么酒。宽厚豁达的人酿出的酒会让你心胸开阔，聪睿热情的人酿出的酒会让你激动，多愁善感的人酿出的酒会让你眼泪汪汪的……一会儿有三个外国酒庄的庄主来，他们都会带来自己的酒，我让你尝，然后你就会知道哪种酒是谁酿的。我相信我没这个本事，没敢做这个试验。

果然来了几个外国人，有男有女。牛晓谦指着其中的一个男人说，这是个德国后裔。从老祖奶奶的时候起，他们家族就接管了这个酒庄，他是入赘的，这个酒庄现在很有名气。他家酿的酒很讲究品牌：小女儿一周岁的时候，为小女儿酿了一款酒，喝的时候你会觉得那酒很调皮、很可爱、很纯粹；有一年出酒的时候他家发生了火灾，把门烧焦了，他就用那烧焦了的门做酒标，你尝尝，这酒有一股焦煳味；还有，男主人为自己酿了一款酒，他是一个谦和、温顺又很执着的人，尝尝他的酒，这是赤霞珠，很细腻，很醇厚，扑在你舌头上绵绵不绝……

葡萄酒的酿造，包括葡萄的栽培，真的是一门艺术，投入其中的人是如此的痴迷。他们把酒当成自己的作品，当成自己的孩子，当成自己的情人。

酒是有情人酿造的，没有感情的人是酿造不出真正的好酒的。有一个酒庄的庄主，非常爱自己的妻子，他酿了一款酒，叫脸谱：那张脸一半是西班牙酒神，一半是自己的妻子。喝了这种酒，能品尝到爱情的滋味儿。

我信了，我也被震撼了。我喝了大半辈子的酒，跟他们相比，我对酒可以说是一无所知。常常有人讲酒文化，讲归讲，喝的时候，只不过追求一种酣畅淋漓或晕晕乎乎的感觉，仅此而已。酒，真的被我们这些酒鬼酒徒亵渎了，被酒囊饭袋糟蹋了。

酒后肇事也罢，酒中奸淫也罢，酒桌交易也罢……喝酒，甚或酗酒，制造了太多的丑恶、太多的龌龊、太多的罪孽，这能怨酒吗？

Party 正式开始了，来自不同国度不同民族的友人们在阳光下走动着，举杯相贺着，优雅得如同前来凑趣的袋鼠。

远处湛蓝的天空和幻化的白云，纯净得如同天使的灵魂。同样纯净的杯子里，跳跃着艳丽多情的葡萄酒，那是天使的眼泪。我不知道天使为什么会落泪，但是我知道，她一定是来到人间之后才落泪的。她也许不能用眼泪荡涤人世间的龌龊，却可以慰藉那些烦躁和绝望的灵魂，使他们进入不愿醒来的梦境中。

凡是可以救赎的地方，天使才会到来；凡是天使来到的地方，人类才会有梦想。

巴罗萨的中国酒庄，第一个中国人的酒庄；酒庄里散发着阳光般透明的酒香，这是巴罗萨第一款中国人自己酿造的酒。小丁说，我的酒不完美，但是有个性，有我自己的梦想和追求。牛晓谦说，酒是遗憾的艺术，世界上没有两片相同的叶子，也没有两款相同的酒。

这就是酒的艺术，这就是酒艺术的魅力。

2013 年 5 月 26 日于北京

中国式的庄园梦

China 陈叫陈强生。我以为是老外给他取的名字，却见在南澳阿德莱德的华人圈里广泛流传。他的老家在广西贺州，他邀我去贺州看看，很诚恳的。

金秋十月，北京已经是秋高气爽的寒凉，这里也爽，却不凉。并不灼热的阳光却散发着足够的温度，身上津津汗水，很舒服。

这是到贺州的第一天，他原本安排我参观他的公司和几个主要企业，并要到一个县里接受主要领导的接待。他的办公室墙上挂着一张摄影作品，远山近水，红花绿树点缀着金色的稻田，美得摄人心魄。他自豪地说，这是我的家乡。我问他离城里有多远，他说二十多公里。我当即决定，哪儿都不去了，直接去他的老家。

水田中的农舍

我正在构思着一部反映农村城镇化的长篇小说，这是北京作协给的任务，须处处留心不敢怠慢。这也是我毅然决定去 China

陈老家的动因之一。

这里的村庄奇异得令我惊惑。中国大多数的村庄是百家千户聚集在一起，形成街道、村寨、活动场所，种田则需要出村。田与村是分开的，村子的规模是由居住面积决定的。而这里却是依田建舍，舍边则田，田有多广，村子便有多大，颇有点儿像国外的庄园。一片一片阡陌纵横的稻田，其间几株绿树，一渠碧水，半亩池塘，在绿影婆娑和波光粼粼的掩映下，则是一栋栋二三层的小楼。如此，田是一片一片分散在群山环抱当中，农舍也随之散落开来。是诗情里的舒展、画意中的点染。正是稻黄季节，满地金光耀眼。一缕炊烟如墨，几只闲鹅迎客，我们则如五柳先生进桃源般地融入了仙境。

这个村庄有一千多户人家，近六千口人，无论在南方还是在北方，都算是大村了。田有三千亩，而村庄则比三千亩还要大。村支书莫大佑告诉我：有灌溉系统可以种水稻的叫田，不具备浇灌条件只能种植玉米、甘蔗、花生等耐旱作物的叫地，当然，还有种树栽草的地方，叫作山。

1980年分田到户，后来又搞土地确权，家家户户分到的田、地、山是有永久使用权的，并且可以由子孙后代继承的。田地是永久的，在田地上造的房屋当然也是永久的。大大优越于城里房产的七十年所有权。

农村城镇化是世界的潮流，是由农业社会转为工业社会继而转入信息社会的必由之路。这个转变的过程，欧洲用了二百多年，美国用了一百多年，中国无疑会把这个时间大大缩减。按照中央的顶层设计，将来会有一部分农民进城，一部分农民集中在小城镇，一部分农民依然要留在农村。

留在农村的这部分农民将怎样实现现代化？

China 陈说，美国的农村、欧洲的农村、日本的农村，包括澳大利亚的农村，都美如仙境。连习近平主席访问美国，奥巴马总统都在安纳伯格庄园接待。一句话：中国农村必须庄园化。

老房子和新祠堂

这是旧的村庄，还保留着集中居住时期的原生态。一家一户的房子挤压在一起，像一堆满桌杂乱的麻将牌。房子是泥砖房，有点儿像北方的土坯房，就是用未曾烧制的毛坯垒成的。墙上没有抹泥刷灰，清清楚楚地保留着毛坯的清晰形状，一种近乎枯黄的颜色。屋顶是铺瓦的，黑黢黢的。感觉不是陈旧，而是墓地般的荒凉和恐怖。房子横七竖八，有的墙挨墙，有的门对门，有的已经倒塌了，土坯和檩木堵塞了原本就十分狭窄的通道。大部分房屋都是空的，有的堆放一些杂物，极少的里面关养着牛羊鸡鸭等活物儿。

China 陈说，原来我们都居住在这些泥砖房里，是土地确权之后才在田里建起新居的。

摸索着跨过这些断壁残垣，眼前突然出现一片开阔的亮色。

一个篮球场、一排文化活动场所，还有一个新建的祠堂。

这个名叫马东的村子，陈姓是大户，占三分之二还多。陈姓又分为三个支脉，China 陈的家族是其中的一支。这三个陈姓都是太平天国时期从广州避战乱迁徙过来的，到 China 陈这一辈已经是第六代。下面还有三代，可谓是“三帮九代”。

这个祠堂、篮球场、文化活动室都是陈姓村民捐资修建的，土地也是陈姓村民捐献出来的。与那些废墟般的泥砖村落相比，这里显得很有生气。China 陈说，村民都分散开来，总要有个集中活动的地方。除了业余活动，还有宗族活动，阴历十月二十四日，就是我们陈姓祭祖的日子，所有陈姓家族的人都要回来：吃酒、唱戏、焚香磕头，这是必不可少的。

是啊，庄园式的村民也要有集中的地方，譬如国外的教堂便是如此。

我到陈氏祠堂看了看，觉得小了点儿，装不下这个家族的一百多口人。既然前面还有地方，为什么不把祠堂修建得大一些呢？China 陈说，不行，祠堂是不能擅动的，这是风水。陈氏家族有今日的发达，全靠祠堂的风水、祖宗的荫庇。

养殖场和腐竹厂

如同绝大多数的农村一样，马东村的年轻人也大部分到外面打工去了，村子里留下的大多是老年人和孩子。安土重迁故土难离，也离不开。那几亩水田和旱地还是要种的，留在家里的孙子还是要带的。

顺着稻田间的小田埂一家一家地拜访。小田埂只有半尺宽，上面又长满了杂草，又湿又滑，小心前行，还是摔倒了，裤子上沾满了黄泥。China 陈笑着说，你这才叫接地气呢。从地上爬起来，前面出现了一排大棚，紧接着便是嚎声杂然此起彼伏，寂静的乡村居然出现一个热闹的所在。

这是一个很有点儿规模的养猪场，两个老人和一个中年妇女在给猪喂食。出于好奇，我急忙赶了过去。老人见到 China 陈，马上张罗着要杀猪招待我们。经过一番拉拉扯扯的谦让之后，才轮到我向老人询问。老人告诉我，他家养了一千多头猪，前面还有两个池塘，养鱼，还有甲鱼。我问他收入的情况，他说很不固定，市场忽起忽落，平均下来每年能赚二三十万元，很不错了。

再朝山脚的方向走，又见到一片开阔地，开阔地上一片架子，架子上挂满了金光闪闪的细条，一排一排整整齐齐，像一个巨型的键盘。这是一家腐竹厂，我走进厂房，里面热气腾腾，几个中年妇女在忙碌着。一排排盛满豆浆的金属盘，上面横着挂杆。妇女们来回走动着，将金属盘上凝聚起来的豆皮儿捞出来，挂在挂杆上。挂杆挂满之后，便抬到室外晾晒。

开腐竹厂的老板也是陈姓人，论起来是 China 陈的堂弟。堂弟请我们吃午饭，吃的就是刚刚晾晒好的腐竹，喝的是自酿的米酒。传说许多食品，制作者是从来不吃的，里面添加的东西不是要命的毒素就是恶心的腌臜物。腐竹厂的老板夫妇，还有村支书，都跟我们一起吃自制的腐竹。这才是放心食品，我提议，将来在包装袋上一定要写上一句：每一批腐竹都是老板和职工最先食用的。

跟村支书聊起来农民致富的问题，一是年轻人出去打工；二是根据当地的资源和传统，发展小工厂、小作坊，将来如果旅游搞起来，还有更多的商机。

是啊，马东村是最有可能成为中国式农庄的典范的，这是旅游的一大热点。

China 陈的庄园梦

小时候对贫穷落后的农村深恶痛绝，最大的梦想就是成为一名城里人。这是我们这一代人共同的经历和感受。现在不同了，城里交通拥堵，空气污染，食品不安全，物价昂贵，农村似乎成了城里人喘气和换气的地方，周末或假日，成群结队的城里人到农村吃农家饭，睡土炕，呼吸新鲜的空气。连在白宫当总统的布什，也要经常到自己的农场生活。美国人说，布什政府有两个白宫，一个在华盛顿，一个在得克萨斯农场。

China 陈非常自豪地说，别瞧不起农民，将来最牛的就是农民。年轻人在城里安了家，农村还有他们的一套庄园，让高傲的城里人羡慕嫉妒恨吧。

这是一个多么美妙的梦想啊。怎样把现在还处于原始状态的农村变成美丽的庄园呢？

China 陈带我们上了山，站在最高处可以俯瞰马东村的全貌。山上满是果树，有柚子、脐橙、山楂、苹果、油茶。田、地、山已经给农民确权了，有的自己种植，大多数都流转出去了。山坡上的果园都是承包山林的农场主，经营的规模已经达到几百亩，每年有上千万元的收入。

尽收眼底的是宛如仙境的马东村。这里是独具特色的喀斯特地貌。山是桂林的山，神姿仙态；水是漓江的水，如情似梦。一条蜿蜒如练的小凉河穿村而过，河腰处是一座古老的石桥。

China 陈说，庄园化就是现代化，要让生活在农村的农民和城里人享受同样的文明。

路要通。给我们开车的司机小刘就担忧过，这样一家一户分散地居住，靠田埂连接是不行的。将来买了小车怎么办？马东村是幸运的，China 陈用自己赚的钱为村民们修了路，平整的水泥路不但直通村外，而且连接了家家户户。

电要通。这已经不成问题了，农村的电网改造是国家投资建设的。有了电，电器有了，有线电视通了，网络也与世界连接在一起了。

燃气要通。这有点儿困难，解决的办法是办沼气。沼气的技术已经很成熟了，用起来比燃气还方便，而且又能处理人畜粪便、庄稼秸秆、杂草污物，是一项变废为宝有百利而无一害的项目。只要给农民适当的支援和帮助就可以了。

如此说来，条件已经成熟，你的梦想可以成真了。

China 陈说，还差两条，一条是硬件，一条是软件。

硬件是房屋。现在的房屋样式单调，质量落后。要借鉴国内外的经验，请专业设计人员设计出独具特色的建筑，不是一种，而且是十几种几十种。农民现有的房子先住着，谁要想重建房屋，就按照这些设计和要求去建。这样，十几年之后，这些有特色的设施齐全坚固耐用的房屋就会出现在这片土地上。

这也是不难的，难的是软件建设。

李克强总理说过，农村城镇化主要是人的城镇化。怎么让人城镇化？严重的问题是教育农民。要让农民懂得现代文明，享受现代文明。环保和卫生一定要立法，改变农民粗糙的、懒惰的、邋遢的生活习惯。要强迫他们每天洗澡、每天换洗衣服，室内设计要有文化，房前的草木要修剪，还要懂得礼仪和礼貌。通过强制养成习惯，有了好的习惯才能彻底改变生活方式。

改造农村的面貌，有十年二十年就可以了，可是要改变农民本身，恐怕需要几代人的努力。

China 陈这些话不是跟我说的，而是在村头跟乡亲们一起探讨的。乡亲们听说他回来了，都聚集在村口等着他。有人问他为什么不把自己的老屋修一修。他说，原来想建一座庭院式的新房，把属于自己的水田、池塘、竹林都设计在一起，还要有亭有廊，主要是建一个样板，让乡亲在建房的时候开阔一下眼界。现在他改变主意了。许多人家年轻人在外面打工，孩子放在家里由爷爷奶奶带，可是马东村还没有幼儿园，他准备在自己的老宅基地上建一个最漂亮的幼儿园。

孩子是我们的未来，我们的梦想都是为了孩子，也寄希望于孩子。让孩子从小就过现代化的文明的生活，这样庄园式的中国农村才能成为现实。

China 陈的庄园梦，中国式的庄园梦。

2013 年 11 月于广西贺州

相声大师和《种子迷》

1973 年国庆期间，我和楚学晶创作的相声《种子迷》在颐和园演出并获得了好评。不久，演出组织者对我们说，相声大师侯宝林被“解放”了，想登台演出，苦于没有合适的段子，约我们为他创作一个新作品。我们便把《种子迷》托人转给了他。

不久，侯老便打来电话，约我们到中央广播说唱团去一下。见面之后，他对我们说，这个相声基础不错，他进行了修改，为了适合于他那个年龄的演出，把第一人称改成了第三人称，是他与郭全宝老先生合说的。当时，二位大师便为我们两个初出茅庐且不知天高地厚的文艺学徒表演了他们修改后的《种子迷》。说来可怜，除了在电影电视上，我从未看到过侯老的舞台演出，这是唯一的一次。

中午，两位大师请我们吃饭，在一家当时要算是豪华的餐厅里，记不清是哪一家了。侯老是我们敬慕已久且高山仰止的艺术大师，席间未免有些拘束，他用特有的幽默为我们劝酒布菜，小伙子，别那么斯文。这样很快便使我们放松下来。

在“文革”中，有关侯老的传说已经演绎成了嘲弄“文革”的政治笑话。借这个机会，我们便壮着胆子问起了这些传说的虚实有无。侯老说，都是瞎编的，你想呀，我侯宝林胆子再大，能拿群众运动开玩笑吗？不要命啦？

我们当时不过是一个县文艺宣传队的创作员，对相声的创作根本就是个门外汉。这个本子经侯老死马当活马医后，才像个样子。两位大师在工人体育馆及其他剧场演出，效果还不错。我们心里清楚，这“效果”主要源于二位大师的天才表演及观众对他们的崇敬之情。这个修改本当时被一些书刊反复转载，后来又收入了《侯宝林相声选》。侯老每次都把书刊稿费给我们留下，并借机邀我们到他家去玩儿。当时，他住在厂桥附近的三间阴暗潮湿且堆满了文物的房子里。我们很为侯老这些文物担心，生怕它们被进出的人碰倒摔坏。

这是我平生创作的第一个相声，大概也是最后一个了。尽管侯老当时出了一些很好的题目，鼓励我们去做，我却再也不敢大胆妄为。渐渐地，与侯老的联系便也中断了。

1987 年，我在武汉大学就读期间，曾为当地的一家合资企业组织过一场演出，侯耀文先生也参加了。事后，我陪公司总经理到耀文家致谢，也想顺便看望一下十几年未曾谋面的侯老。不巧，那天侯老不在家，耀文便把他母亲请了出来。老人家见了我很高兴，说，侯老常念叨你们，他正在写相声理论方面的书，还想找你们聊聊呢！

听了这话，我感到很愧疚。回来之后，我与楚学晶几次相约去看望侯老。我们忙，侯老更忙，实在不忍心前去打扰。直到听到侯老仙逝的噩耗，才把我们震惊了……

1993年4月于通州

大师的孤独之旅

张威的油画造化着阿德莱德的秋天；阿德莱德的秋天渲染着张威的油画。这神与人的作品同时奔来眼底，心灵被色彩的波澜冲击着、震撼着、感动着。这色彩是浓烈的、纯明的，又渗透着成熟的沧桑。沧桑的本质就是成熟，成熟的季节感悟着成熟的人生，由张威老先生和他的夫人格琳娜娓娓道来，更让人感受到了季节变换的魅力。

文坛艺坛向来就是喧嚣纷杂的名利场，是乱哄哄你方唱罢我登场的大舞台，是争风斗险受追捧遭非议的风口浪尖。毕业于1954年中央美术学院的张威，他的师长、同学乃至他的弟子晚辈，许多都成了蜚声海内外的大师级的人物。

他像一只独立在苍岩上的老鹰，静静地看着同侪们搏击风云，默默地祝贺着他们直冲霄汉，也悲伤地看着有些伙伴们折断翅膀坠入深渊。但是，他从来没有受到诱惑，不想与他们争飞比翼。他咀嚼着日月精华，把自己沉淀得像大山一样凝重，牢牢地守候着自己的梦想：让灵魂在天地中找到归宿，让生命在艺术中活得永恒。

任何一个艺术大师，都是孤独的跋涉者。而张威的孤独与跋涉，却是如此的传奇与漫长。他曾经是戈壁滩上的胡杨林，生则三千年不死，死则三千年不倒，倒则三千年不朽；他又是大洋洲海岛上的桉树，脱一层皮强健一次筋骨，脱一层皮丰满一次枝叶，脱一层皮净化一次灵魂。

一

除了艰苦卓绝的努力，艺术是需要一种天赋才能的。在张威看来，自己的绘画天赋来源于母亲的遗传基因。他的母亲刘贞静是满族王室贵族，年幼时便跟着多才多艺的姑母一起生活，耳濡目染，熟读“四书”“五经”，学习琴棋书画。辛亥革命后，家道破落，搬出王府，经人介绍与比她小五岁的邮递员张保琛结婚。1932 年，张威出生在北京房山琉璃河。

张威自幼受母亲的影响很深，母亲是个淑贤智慧的女人，她不但结婚以后教会了丈夫读书识字，也同样教会了张威许许多多农家儿女学不到的东西。1937 年卢沟桥事变，日本人很快占领了琉璃河。作为公职人员的父亲跟着邮局迁移到了武汉，母亲带着五岁的他和两岁的弟弟开始逃难。一列南下的火车挤满了难民，母亲挤不进去，只好爬到车厢顶上。列车缓缓南行，日本飞机疯狂扫射，把车头炸毁了。危急关头，母亲将他扔了下去，又抱着弟弟跳下火车。

跟他们一起逃难的同村的乡亲就有四十多人，踉踉跄跄，扶老携幼，他们步行继续南逃。他们来到一个村庄寻找吃的，村里的人已经全部逃跑了。他们把挂在屋檐下的玉米棒搓成粒，又用村里的碾子碾成玉米渣，找了一口大锅熬了满满的一锅粥。母亲跟着乡亲们一起张罗，可是粥熬熟了却被别人抢光了。母亲火了，带着他和弟弟扭头朝回走，不逃了，死也要死到老家去。母亲的行动有着极大的感召力，乡亲们见母亲往回走，也跟着一起朝老家的方向走去。故土难离啊。

家乡沦丧了，乡亲们当起了亡国奴。小小的张威刚上学便被强迫学日语，唱日本歌，升日本的膏药旗。但是，聪明好学的张威在母亲的指导下，并没有耽误学业。后来父亲也回来了，全家人在日本的铁蹄下艰难度日。张威一边读书，一边做苦工为父母分忧，他像所有农家子弟一样，打柴、拾荒、挖野菜、割青草，还曾经在日本人开办的水泥厂当小工，运送石灰石。小学毕业以后，父亲买了辆大车，想让他赶大车搞运输。可是他酷爱读书，母亲支持了他，他艰难地上了初中。日本投降以后，国民党接管了学校，有一天他跟着同学们一起在操场上宣誓，糊里糊涂地加入的“三民主义青年团”。这莫名其妙的宣誓，便成了他历史的污点，在以后的岁月里，给他的政治生命带来了无穷的灾难与麻烦。

1946 年 8 月，张威受惠于邮政弟子助学金进入了北京通州潞河中学。这座由美国基督教公理会于 1867 年创建的学校，是基础教育的神圣殿堂，位于京杭大运河的北端。著名中科院院士黄昆、侯仁之、秦馨菱，西部歌王王洛宾，著名乡土文学大师刘绍棠，著名表演艺术家李仁堂以及一大批国共两党的高官和将军，均出自这座学校。在湖亭楼馆、绿茵掩映的校园里，张威的艺术才华得到了充分的滋养，他依然喜欢绘画，他跟同学们一起，编辑出版了《晓光壁报》，创办了“青年艺术研究社”，组织和参与了校内外许多宣传活动，他的宣传画展示了出色的艺术天赋，赢得了教师和同学的高度赞扬。

1951 年，张威在潞河中学毕业以后报考了中央美术学院，成为新中国第一代美术界的莘莘学子。中央美院是新中国美术教育的最高学府，那是一个令人羡慕的年代，在那里云集着一大批让后人高山仰止的艺术大师：校长是徐悲鸿、江丰，教师是吴冠中、李可染、罗工柳、萧淑芳、戴泽、孙宗慰、曾善庆、顾群等等。在如此群星灿烂、得天独厚的艺术殿堂里，张威如春苗润雨，如饥似渴地汲取着知识，磨炼着才艺，茁壮地成长起来。

1954 年 7 月，张威从中央美术学院毕业，面临着一个决定人生和命运的选择。许多同学都选择了北京、上海等艺术繁华的大都市，或者从事美术教学，或者进行专业创作，或者到报社出版社担任编辑工作，而张威却出乎意外地申请去新疆。

因为他喜欢创作，他深信，创作一定要到大自然中去、到生活中去；他受母亲的影响，相信好男儿志在四方，他要到边疆去，那里有一种巨大的诱惑，他的生命征程要从那里起步。他自信，他豪情满怀，他跃跃欲试。

二

新疆是祖国一片辽阔的疆土，亦是一片博大深远的艺术天空。这里有独特的异域风光，有多元化的民族风俗，有一千多年的佛教文化和伊斯兰教文化，有令人眼花缭乱激动不已的雕塑、壁画、建筑雕饰、服饰、刺绣，还有不绝于耳的民族音乐，如诗似画的民族舞蹈。这一切，都是取之不尽、用之不竭的创作源泉。张威来到了新疆，每时每刻都被创作的激情冲动着，这是一个艺术家最宝贵的经历。

他是历尽千辛万苦才来到新疆的。那时候交通不便，通过西安辗转兰州，遇上路断桥塌，中间耽搁了半个多月的时间。来到乌鲁木齐之后，便被分配到文化局所属的美术工作室。美术工作室没有明确的任务，来了便响应号召下放劳动，他年轻，不怕吃苦，又来自北京，还当上了下放干部的队长。说来可笑，这是他第一次当官。

他们来到了玛纳斯，跟当地的农牧民同吃同住同劳动，打成了一片。农民说，把你的皮鞋给我穿穿，他便脱掉皮鞋给了农民朋友；农民说，把你的手表给我戴戴，他便摘下手表给了农民朋友。农民信任他，喜欢他，他还被评为“五好社员”，这也是他平生得到的第一个荣誉，他很珍惜。

劳动之余便是写生。他受到的是传统的写实主义的教育，写生是他的毕生功课。而新疆的山光水色又深深地吸引着他，他坚持不懈、锲而不舍地画着，积累着创作素材。他也深深地被这壮丽的风光震撼着，并且遗憾地说，那些俄罗斯美术大师能来到这里，一定会创作出惊世之作。在一个地方招待所，他开玩笑说，你们这里的服务员怎么不漂亮呀？人家说，漂亮的能到我们这儿来吗？这一切，都被同行者记录下来，回乌鲁木齐之后，当作反动言论，给他贴出了许多大字报。他原本就背着“三青团员”的历史污点，尽管小心翼翼，依然不断地受到了批判。到1957年大鸣大放的时候，人家都给党提意见，但是不允许他提。他还有意见，感到很委屈。歪打正着，这反而救了他，使他逃过了“反右”的劫难，成功地软着陆。

他和美术工作室的同人们开始筹办《新疆画报》，又当编辑，又当记者，还负责排版、印刷、发行，虽然很辛苦，却乐在其中，他觉得自己的艺术才华有了用武之地。

编辑工作很忙很累很杂，但是他依然没有放弃创作。工作之余，回到宿舍，他便燃烧起了遏制不住的创作激情。他仍然到处写生，足迹踏遍帕米尔高原、昆仑山、阿勒泰山、古丝绸之路、伊犁河畔。1957年，他为共产党建军三十周年创作了大型油画《待客》，刊登在《解放军画报》，参加全国美术展览，并被军事博物馆收藏。1962年，他创作了反映塔吉克民族生活的油画《鹰笛》。“鹰笛”不仅仅是这幅油画的题目，也是张威创造的一个新名词。它原本是塔吉克人吹奏的一种短笛，译音为“那意”，是用鹰的翅骨制作的。自张威创作这幅油画之后，“鹰笛”的名字便流传开来。北京的人民大会堂新疆厅需要悬挂一幅反映新疆特色的油画，领导把这个任务交给了张威，他创作了大型油画《天池》。《天池》至今依然高悬在人民大会堂，并由此产生了广泛的影响。新疆飞机场、新疆展览馆、乌鲁木齐市政府等单位都请张威绘制《天池》,《天池》成了新疆的一张魅力无穷的名片。在此期间，他还创作了许多充满生活热情和政治激情的油画作品，并于1980年成为中国美术家协会会员，当选为中国美术家协会新疆分会理事。

在创作丰收的同时，张威还收获到了更为珍贵的爱情。

感情的创伤是艺术家宝贵的乃至不可或缺的经历。在张威青葱饱满的青春年华，曾经有两次刻骨铭心的爱情。他的初恋是在潞河中学读书的时候，爱上了一个运河端头的姑娘，后来由于家里反对，硬是拆散了鸳鸯。父亲听说他失恋了，便私作主张在老家琉璃河给他定下一门亲事，女方还是他的小学同学。张威坚决不同意，逼着父亲退了亲。第二段恋情发生在美院，他暗恋着一个女同学，直到快毕业了也不敢表白。朋友们为他着急，替他写了一封求爱信，又遭到了那女同学委婉的拒绝。他之所以离开北京到新疆来，除了追求艺术梦想，恐怕与他的感情创伤也有一定的关系，潜意识中有一种逃避。

他一直没有再谈恋爱，直到遇见了格琳娜。格琳娜当时只有十七岁，聪明，美丽，热情奔放，又有点儿调皮。若干年之后的今天，笔者在阿德莱德见到七十四岁的格琳娜，言谈举止中依然洋溢着青春美少女的神韵和纯真浪漫的风采。张威对格琳娜一见钟情，觉得这是上帝给他安排的美妙姻缘。当时格琳娜还是个中学生，他嘱咐格琳娜，放学以后好好写作业，写完作业带她去看电影。他们就这样大胆又谨慎地约会了，一年以后格琳娜中学毕业，他们便结了婚。

格琳娜的出身是非常奇特的，母亲是俄罗斯人，父亲则是中国山东人。父亲在莫斯科时跟母亲结了婚，为了逃避险恶的政治形势，生下格琳娜不久他便回到了新疆。苏联卫国战争胜利之后，母亲决心带着格琳娜到中国寻找父亲。许多朋友劝母亲不要到中国来，说中国很穷，窗户上没有玻璃，都是糊着纸；脚上没有皮鞋，穿的都是草鞋。母亲不管这些，历尽千辛万苦来到了新疆，果然窗户上没有玻璃，果然人的脚上没有皮鞋。但是这些都不重要，重要的是父亲又跟别的女人结了婚。母亲举目无亲，又语言不通，但是她依然决定留在中国，到乌鲁木齐独立生活。其间的艰难困苦便可想而知了。

爱情给张威的创作注入了新的血液，带来了新的激情，又给他的命运带来了意想不到的转折。他做梦也不会想到，自己的后半生将会在澳大利亚度过，更想不到的是，有一个美如仙境的地方，为他的创作扩展开一片更加广阔的天空。

三

一个成功男人的背后大多站着一个伟大的女性。对于艺术家而言，此说尤为重要。张威的背后站的不是一个女性，而是老少三代一群优秀的女人。母亲给了他生命并给他的生命灌注了艺术的源泉；格琳娜堪称他的艺术女神，给了他源源不断的创作激情和创作灵感；更难得的是他的五个女儿，也真是个奇迹，格琳娜一连为他生了三个女儿，第四个想给他生个儿子，她懂得中国人传宗接代的传统观念。张威走进产房，格琳娜哭了，说对不起，又生了女儿，还是两个，一对双胞胎。张威笑着安慰妻子，五朵金花，多好啊，谢谢你。

阿德莱德是南澳大利亚州的首府，是一个美丽、宁静、气候宜人、带有浓郁的乡村气息又非常现代化的城市。这里是艺术家的天堂，与祖国的大西北新疆相比，同样有着异域风情，同样有着纯净的白云，同样有着强烈、明朗、纷纭复杂的色彩。这里的桉树有如戈壁滩上的胡杨，挺拔地支撑着天空，守护着大地。这里还有神奇的袋鼠、考拉、羊驼和千奇百怪的野生动物。

张威是 1983 年来到阿德莱德的，像当初来到新疆一样，他立即为这里独特的风光和色彩着迷了。艺术家是不拒绝任何新奇的经历的，经历和体验是艺术的生命。张威像当初在新疆一样，又背起行囊，用脚步丈量这令人激动的土地，拿出画笔，画着速写，如饥似渴地汲取着艺术的素材。他几乎跑遍了整个澳大利亚，画奔腾的海洋，画苍莽的原始森林，画展示着顽强生命力的桉树。有一次，他来到一个古老的牧场，见牛群在咀嚼着陈年的干草。牧场主告诉他，已经五年没有下雨了，干旱使牧场变成了一片枯黄。得知他是中国画家之后，牧场主带着他爬上高高的山顶，让他俯瞰着旱魃肆虐的大地。他被震撼了，他觉得，画家不是要表现他看到的东西，而是要表现他感觉到的东西。绘画是有生命、有灵魂的。他把这种感悟凝聚在画笔上，画出了《干旱中汲取》这幅著名的作品。

在远离祖国的日子里，他还画许多人物，特别是画他所深爱的家人，他的妻子、他的女儿、他的外孙。这些人物都饱含着他深切的爱意，又寄予着无限的期望。他和他的家人从祖国的大西北到南半球的大东南，他们哭过笑过迷茫过期待过，更多是艰苦卓绝的奋争，他要把这宝贵的经历用他的画笔记录下来。

他成功了，年逾八旬在澳大利亚举行了个人画展，获得了极大的成功。他的三女儿张燕霞，把父亲的艺术实践当作自己的事业，全身心地支持并且投入其中。

艺术家永远有一颗年轻的心，笔者是在朋友老牛的酒庄遇见张威先生的，他是自己开着车赶来的。他耳聪目明，精神矍铄，腰身健朗，怎么也不会相信他是一个耄耋老人。随后，笔者又在友人老胡的陪同下拜访老先生，未及进屋，老先生先带着我们参观他的花园兼菜园。他修剪的果树上已经结了果，小菜园里种着黄瓜、茄子、西红柿等青菜，他很得意。这一切都是他的作品，也是他鲜活生命的象征。紧接着，我们进入了他的画室。他现在仍然坚持到野外写生，坚持创作，每天在画室里至少要工作四五个小时。是什么支撑着老先生如此旺盛的生命力和如此澎湃的艺术激情呢？

谈到动情处，张威先生常常表现出对祖国的怀念和对新疆的眷恋。在女儿张燕霞和朋友的鼓动下，他想在北京办一个画展。谈到画展，老先生又犯了难。在前三十年中，他是在新疆度过的，他创作的绝大部分作品也都留在了新疆。这些作品，有的单位收藏着，有的流入了个人的手中。新疆是他艺术的发源地，办画展，没有新疆的作品是不行的。张老先生多次跟有关部门联系过，想收回自己的作品，但是都让他很失望。退而求其次，能不能把这些作品借出来呢，等办完画展，他们再把这些作品拿回去。毕竟是他用心血孕育成形的孩子，是他的骨肉，遗失了他是很痛心的。但是，让这些孩子跟他见个面，聚一聚，会给他很大的慰藉的。笔者回北京以后，他托人带来一个光盘，是他千方百计寻找到的一些作品图片，其中有《草原新貌》《出工》《东国公主》《大合唱》《纺织姑娘》等三十余幅。

张威老先生的愿意能实现吗？我是很有信心的。喜欢张威先生作品的人，一定会更加喜欢张威老先生本人。满足一个八旬老人的心愿，是一件积善布施的美德。

2013 年 5 月 15 日于北京

我的老师李英儒

在写此文之前，我给师妹李小龙打了个电话，希望她能为我提供一些材料。这些年她跟我一样，忙得六亲不认了。眼下她又正在一个剧组，“日理百机”之后还要将夜里的时间搭进去。约了好几次，她才在一天夜里十点多钟从剧组赶到我家。她给我带来了李英儒老师的生平材料，还给了我一本刚出版的写父亲的书，说，你还想问点儿什么就问吧，咱见一次面不容易。我说，有了这本书我就什么都不想问了，咱聊聊天吧。

小龙走了之后我就捧起了这本名为“野火春风”的书，这部二十多万字的作品我是用了两天的时间逐字逐句地读完的。我读得心里好沉好沉，常常哽咽在喉，热泪夺眶而出，不得不摘下眼镜，抹去泪水，喘息一会儿再接着读。

李英儒老师是河北省清苑县人，出身贫寒，幼年丧父。寡妇妈为了将他培养成人，拉着他到处磕头借债，硬是供他读完了高中。他又以“河北省高级中学联合会考第一名”的成绩被保送到北京燕京大学。这时候抗日战争爆发，他的大学梦没有做成，毅然参加了共产党所领导的抗日军队。在抗日队伍中，他很快就成了一名优秀的指挥官，历任北上先遣支队第三团团长、警备旅二总队大队长、冀中抗日联会秘书长、天津陆军医院副政治委员等职。他先后参加了攻打武强城、解放保定等三十余次大小战役，身先士卒，冲锋陷阵。他还被派往敌后做地下工作，为壮大抗日力量及后来对国民党的策反工作做出了巨大的贡献。

他是一个真正的军人，一个有勇有谋有文化的指挥官，一个传奇式的英雄。如果不是他后来当了作家，他完全可能是另外一种命运。不幸的是，曾经弃学从戎的他，解放后又弃戈操刀，一部《野火春风斗古城》使他成了声震文坛的军旅作家。

“文化大革命”，首先革的是文化人的命。运动刚一开始，李英儒老师便被派到江青亲自抓的两个京剧团当军代表，很快便被打成了走资派，成了“军内一小撮”。正当他与造反派艰苦周旋的时候，又被调到中央文革文艺组，王力、关锋、戚本禹被揪出来以后，又因知道江青的底细被无情地投进了秦城监狱。

马克思说过，没有比单身牢房更残酷的了。李英儒老师在秦城监狱住的就是单身牢房。与其说这是牢房，不如说是一口活棺材。在一个宽两米多、长四米多的房间里，一个木板钉成的厕所，一个巴掌大的洗池，剩下的就只有张矮床了。没有任何生活用品，连必需的卫生纸、牙粉、肥皂都没有。从屋顶上一盏昏黄的小灯的一明一灭中，才知道晚上和早上的到来。没有放风，没有审讯，除了一日三餐有人送来粗糙肮脏的饭食，没有人理睬他。长期不能与人交谈，舌头的功能和语言的记忆都消退了。

他一分一秒地忍受着非人的折磨，一日一日地苦度着这黑暗的岁月，他以惊人的毅力顽强地活了下来。直到一年以后，他才争取到了看书的权利，才发给他可怜巴巴的生活必需品。他读的是厚厚的《资本论》，马克思的书不仅使他绕过了地狱之门，还激发了他创作的灵感，使他创造了令人难以置信的奇迹。他滑破手指，举着让看守看，换来的是一点儿极其珍贵的紫药水。他又用牙膏皮做成笔，在《资本论》书页的空白处写起了长篇小说。后来出版发行的一百多万字的《女游击队长》《上一代人》这两部书的草稿，就是这样写成的。

读着小龙的书，让我感触最深、流泪最多的是李英儒一家人所表现出来的亲情和品格。夫妻本是同林鸟，大难临头各自飞。在历次政治运动特别是“文化大革命”中，这种事我见过了。为了保护自身，夫妻反目，骨肉分离，儿子跟老子划清界限，老子对儿子“大义灭亲”，五千年的文明古国上演一幕又一幕自相残杀的悲剧。我曾经亲眼看见过这么一件事，那是“文化大革命”刚开始的时候，红卫兵“横扫一切牛鬼蛇神”，将一对资本家老夫妇押回了原籍，交给了在小镇上工作的儿子。他们的儿子跟我是同一个群众组织的，我们都挺同情他，怕他吃亏，跟着他一起去见城里来的红卫兵。没想到，他见到汽车上被剃成了阴阳头、人不人鬼不鬼的父母之后，夺过红卫兵手中的鞭子，将汽车上的父母拉下来，挥着鞭子就是一顿狠打。后来，听说这对老夫妇自杀了，我一直觉得，逼着他们走上绝路的不是红卫兵，而是他们的亲生儿子。

而我的老师是幸运的。他的亲人，无论是患难与共的妻子，还是他的五个子女和一个外甥，没有一个人疏远他，更不用说跟他划清界限了。大难临头的时候，一家人紧密地团结在一起，勇敢地保护着他，呵护着他。他被秘密抓捕以后，全家人想方设法地寻找他。在极其艰难的日子里，全家人又抱成一团，苦熬苦盼着无望的转机。灾难使这一家人经受住了考验，使这一家人显出了高风亮节。这种精神和品格是哪儿来的？李小龙在书里说，是父亲平时对他们的教育。李英儒老师将自己丰富的情感给了家人，也把识别真善美的本领传给了家人。这是李英儒老师留给家人和社会的一笔宝贵的遗产。

这是一本女儿写父亲的书，是女儿眼中的父亲。只有女儿，才能真正将父亲当成崇拜的偶像；只有女儿，才能在大山一样的男人中，发掘出深埋的情感矿石；只有女儿，才能深刻体察出父亲难以表露的感情世界；只有女儿，才能真正地理解父亲。李小龙在书中说，女儿是父亲的最后一道防线。

这句话，让我心灵震撼，我为我的老师感到欣慰。

我是1980年在文学讲习所的时候，正式拜李英儒为师的。

我们这一代读书人，很少有人没有读过《战斗在滹沱河上》和《野火春风斗古城》这两本书的。就像现在的少男少女很少有人没有读过琼瑶和三毛的书一样。记得我上小学的时候，曾经在《野火春风斗古城》中读到了马驹桥小镇的名字，于是我们便按照书中的线索去寻找历史上曾经在这小镇上发生的故事。那时候，我们还不大懂得文学故事是虚构的，但是我们却懂得崇拜作家。作家给予我们的是理想和英雄主义，激发了我们满怀希望地面对未来。就像眼下的年轻人虽然不大懂得音乐，却崇拜歌星一样。至于歌星给予了他们什么，我们便不得而知了。特别是《野火春风斗古城》这部电影，许多镜头是在通州古城里拍摄的，更使我们感到亲切。

拜师仪式是在李英儒老师家里举行的，那一天小龙也在，她跟师母一起为我们准备了一桌非常丰盛的酒席。跟我一起拜师的还有我的师兄王宗汉，李老师和我们都喝了许多酒，那一天他特别兴奋。酒席之后，我们又来到他的书房，他拿出了狱中在《资本论》上写的小说草稿给我们看。我们非常惊愕，更为有这样一位英雄的老师而倍感自豪。

李老师给人的印象，正像他的名字一样，英武、儒雅。他那高大魁梧的身躯让人感到坚实可靠，而他那和蔼亲切的神情又让人感到温暖慈爱。岁月的沧桑和艰苦的磨难并没有使他失去文人固有的激情与天真，他高兴起来总是开怀大笑，这给我留下了极为深刻的印象。多少年之后，当我忆起老师的时候，眼前总是浮现着他那穿着军大衣的魁伟身躯和或温善或爽朗的笑容。

那时我在文坛上正属于学步时期，当然这个时期可以延续到终生，但那时更是求知若渴。我将自己的作品给老师看，每一篇老师都认真地读过。不过，他却很少给我的作品提具体的意见。他说，写文章和打仗一样，不在于一篇两篇的成败得失。要从失败和不足中找出规律性的东西，提高整体素质。

对于李英儒老师对我们提出的提高整体素质的要求，我是后来才慢慢悟出来的。我每次见到李老师，他不是先问我写了些什么，而是先问我读了什么书。他说，你们已经小有名气了，被社会承认了，写出的文章不愁没有地方发表，这时候就不要着急了，要给自己提出高标准，写出自己满意的东西。我知道老师的文学造诣是很深的，在50年代那批作家中，像他这样的学者型的并不多见。特别是在古典文学上，老师真称得上学富五车。跟我们谈话，常常旁征博引，随口便可以谈出许多先贤的论述和典故，这让我们非常佩服。

我准备报考武汉大学的时候，找到了老师。老师问我都要复习什么，我提到了古汉语。他问我有没有基础，我说在读中学的时候学过一些，后来又自学过王力的《古代汉语》。他听说我自学过王力的《古代汉语》，很兴奋，立即说出几篇范文中的虚词让我解释。我茫然了，他说，你这样学习可不行，学古汉语跟学外语差不多，得死记硬背，我们反对读死书、死读书、读书死，可是并不是什么都不需要背、不需要记。有些东西我们理解就行了，有些东西就是要死记硬背的。

我从小是有一点儿背书的习惯的，可是从来没有将背书的必要性搞清楚。我后来将背书的重要性不但用在了自己的身上，还用在了对儿子的早期教育上。

我的儿子在学习上是很让我和他母亲省心的。小学到初中，是保送；初中升高中，还是保送；从高中考大学，又以第一志愿被录取。这其间的主要功绩当然是他个人的努力，但是也与他母亲的良好的教育方法有关。他的母亲是一个很敬业很称职的中学教师，对儿子的教育可以说是很成功的，只是她没有认真总结罢了。而我在儿子的学习上几乎是没有花什么力气的，他在校读了十几年的书，我连一次家长会都没有给他开过。但是，在早期教育上，我却给他打好了两个基础，这对他的终生都会有好处。

从他上幼儿园的时候起，我每天接送他，总要在路上背古典诗词。去的时候教他一首新的，回来的时候再帮助他复习巩固。到了上小学的时候，每天晚上我都要教他背诗词，还将诗词做成卡片，日积月累，我常常拿着厚厚的一摞卡片，他站在我面前哇啦哇啦地背诵着。这个习惯一直坚持到他上了初中，这时候背下的东西，印象很深，甚至终身不忘。再有就是帮助他学习书法，我童年的时候，书法的基础不好。我将这个痛憾当成教训，较早地让我儿子学习书法。先是将他送进少年书法班，后来又帮助他请了书法老师。我当时的目的很明确，教他古典诗词，不是为了让他当文学家；让他学习书法，也不是让他当书法家。在我们这个历史悠久、文化底蕴极为深厚的民族，有了这两样基本训练，以后无论做什么工作，以什么为谋生手段，都会大有裨益的。

我这样做，是我生活的经验和教训，也是李英儒老师给我的启发。李老师不但是个学者型的作家，还是著名的书法家。他文如其人，字亦如其人，写得苍劲有力，古朴敦厚。他曾经送给我几幅字，在我和锦云创作的话剧《女儿行》演出之后，他还给我们写过一个条幅：海天丈夫志，山乡女儿行。在他给我的许多信中，大多是用毛笔写的，每次接到老师的信，都爱不释手，读信，也读字，是一种教益，也是一种享受。

李老师住院期间，我去看望他。师母托付我一件事，我却没有认真去做。她说，你老师的病看来医生也没有好方法了，听说有一个叫严新的气功大师，治病很灵的，你去找一找他。我不知道去哪里找严新，更主要的是，我相信气功能治病，却不相信能包治百病。我当时觉得师母是有些病重乱投医了。这当然也看出了师母对老师的爱笃情深和良苦用心。

李老师是 1989 年春天仙逝的，当时我正在海南。听到噩耗后，我给师母发过一封唁电。事后我去看望师母，她还提到没有请到严新的事。我当时很难过，也很愧疚。

1999 年 2 月于通州

刘绍棠与乡土文学

一

自从1988年刘绍棠中风偏瘫以后，朋友们便一直为他的身体担心。特别是一年前他因肝腹水住院并写了那篇著名的《缓期执行》以后，人们便更加小心翼翼地关注和呵护着他。尽管如此，他的谢世仍如霹雳惊天，令人猝不及防。

从传统上看，过了一个甲子，便属天寿，可是根据现代科学的发展和人寿的延长，依然该算是英年早逝，令人痛惜不已。更何况，他病中的九年正是高产优产的九年，现在恰如奋蹄之骏，一发而不可收。就在一个多星期以前他写的悼念邓小平同志的文章中，还雄心勃勃地表示今年要出五本书，并开始新的长篇小说的创作。

他就这样悄然地走了，临别前也没有放下他手中的那支笔。

他的身体虽然已经衰弱到了极点，可他的心气、他的志向却半点儿都没有减。他就是这样一个人，一辈子争强斗狠，不惜命，不服软。无论在怎样艰难困苦的境遇中，从来没有失去生活的信念，没有放弃追求的目标，没有松懈拼搏的勇气。

这就是刘绍棠。

二

在中国当代文学史上，刘绍棠以他的“神童作家”和“命途多舛”写下了传奇的一笔，又以他孜孜以求的“乡土文学”写下了辉煌的一页。

他是大运河的儿子，大运河哺育了他，保护了他，也成就了他。他毕生的文学主题都没有离开过大运河，他为大运河呼唤，为大运河呐喊，大运河因他而声名远播，大运河也为他而倍感自豪。

我最早见到他时便是在大运河畔的三间小土屋里，那时他的“右派”还没有改正，他在老家儒林村进行“改造”。我那时刚刚步入文坛的门槛，还不知道里面的深浅。我去找他，不仅仅因为他是我所崇拜的文学上的导师，还是我家乡的兄长。我的岳父是他祖父的学生，我的内兄又是他的同学，而我岳父家距他的“家”只“一喊”之遥。

我进了那小土屋的时候，他正用一个铝锅洗床单。还没有吃早饭，我约他到岳父家喝酒，他没说半句客气话便跟着我走了。酒是从上午十点钟开始摆上桌的，边喝边聊，直喝到日落河西，又开灯夜宴，我送他回去的时候，已经是夜里十时了。这是我有生以来喝的最长时间的一次酒，可能也是最长时间的一次谈话，只有我们俩人。

谈些什么记不全了，但绝对没有谈他受的苦，没有谈他的冤屈和不平。主要谈的是文学，记得最清楚的是他谈了几个长篇和短篇小说的构思。其中一个就是反映他对大运河骨肉般情感的《地母》。

那时候“四人帮”刚粉碎不久，文坛上的冰河已经听到了开始解冻的爆裂声。第一个来向他组稿的是《北京文学》的陈世崇，这让他激动得又豪饮到深夜。

当时有一条不成文的规定，凡是在报刊上初次发表作品的人，都要经过当地党组织的审查批准。《地母》发表之前，《北京文学》主编李清泉让傅雅文办理审批手续。我在县委宣传部工作，傅雅文找到我，我请示宣传部主持工作的领导，该领导不肯负这个“大责任”，磨了一个晚上，就是不肯盖章。无奈，我和傅雅文便到了刘绍棠所在的郎府公社，又找到了当时郎府公社党委，党委领导郑重地签上了字盖上了章。

这样，刘绍棠经过了二十年的磨难，终于重新获得了发表作品的权利。

三

历史是需要在它的舞台上经常不断地变换角色的，谁也不可能长久地独领风骚。曾几何时，文学和文学工作者趁着社会变革的锣鼓粉墨登场，居然担任起了领衔主演的角色，这真是千载难逢的机遇。刘绍棠正是在这文学的黄金时代重返文坛的。他一出山，便摇旗呐喊，将北京的农村题材作者紧紧地团结在自己的周围，并责无旁贷地登上了“寨主”的交椅。其勃勃雄心，其恢恢大志，其赫赫然奔走呼号，至今想起来仍让人热血沸腾。

他是首先提出“乡土文学”这个口号的，并竭力要在理论上有所建树。当时他花的心力最多的是两件事，一是培养作者；二是办刊物。当时笔会多，学习班多，组稿会研讨会多，他几乎逢会必到，到会必洋洋洒洒口若悬河激情澎湃。在他的感召下，呼应在他周围的主要“劳动力”也有二三十人，这其中包括刘锦云、刘颖南、刘国春，加上他自己号称“四刘”；也包括王文平、王葆春、王凤梧，加上鄙人亦称“四王”；还有延庆的孟广臣，密云的尹俊卿，顺义的赵松泉、张友明、王克臣，通县的孙宝琦、楚学晶、周祥、刘祥、卢国瑞、石奇等。可谓是兵强马壮、声势浩大，由他主编的、人民文学出版社出版的四十余万字的小说集《乡土》，大抵记载了那个时期的作者和作品。

刘绍棠梦寐以求的就是办一个属于“乡土文学”的刊物，并为此做出了许多尝试和努力。他曾经想让几个区县联合办一个较有影响的刊物，但终未成功。这是他一直深感遗憾的事，先生的夙愿未酬，恐怕后人也难以竟其心志了。

还有一点该是我感到愧对绍棠的，在青岛的一次农村题材研讨会上，他曾雄心勃勃地说我和锦云是他的两架“僚机”，跟随他这架“长机”壮声壮威、保驾护航。可惜我们俩人都不能“铁心务农”，刘锦云的心思在舞台上，我则钻进了漕运历史的故纸堆里。我们俩都偏离了他划定的乡土文学的航线，放了单飞。

让我钦佩之至的是，绍棠认准了“乡土文学”这条道，便坚持不懈地走下去，终于形成了他的“乡土文学体系”。通县人民政府建立的“刘绍棠文库”和北京十月文艺出版社出版的“刘绍棠乡土文学大系”，是他四十余年鞠躬笔耕的收获，是他在乡土文学之路上奋斗不息的辉煌，是他为当代和后人留下的宝贵财富。

四

我总觉得，刘绍棠的乡土文学“情结”源于大运河，从早期他师从孙犁先生，将白洋淀之“流”引入大运河之“源”的时候，他的文学主题便开始形成了。每一个作家都有一片土壤，土壤便是文化。大运河悠久的历史和丰厚的文化，不仅铸造了他的性格气质，也决定了他的文学追求和作品风格。

刘绍棠对大运河和通州古城的感情不仅表现在他的作品中，也表现在他多年以来所干的若干实事上。特别是他担任了北京市人大常委以后，更是通过各种途径为大运河呼吁张扬。关于大运河源头的确认，关于大运河的开发，关于大运河污染的治理，关于恢复通州的名称，他都千方百计、锲而不舍地运筹周旋。为了大运河母亲恢复青春，为了大运河母亲的地位与尊严，为了大运河母亲的繁荣昌盛，他表现出了一个感人至深的拳拳赤子之情。

他在活着的时候，就有一个愿望，身后埋葬在大运河的源头。那里是一个美丽的公园，在碧水绿荫中，安眠着明代著名的思想家和文学家李卓吾。

刘绍棠毕竟是在文思如涌、创作旺盛的年华撒手人寰的，他肯定留下了许多未完成的作品、很多未了之情、很多痛彻心骨的遗憾，然而有了著作等身的辉煌成就，有了中国文学殿堂中的一个不可或缺的位置，有了大运河母亲的自豪与微笑，有了通县人民政府授予他的“人民作家，光耀乡土”的金色牌匾，他的在天之灵便足以安息了。

刘绍棠和他的乡土文学，将如大运河一样，永远奔流不息，澎湃着生命的激情。

1997 年 3 月 20 日于桑梓轩

永远的艳阳天

中秋节前后，我认真拜读了秋川这部写父亲的书稿。这应该是北京一年中最好的季节，应该是一个艳阳高照的金色的秋天，可是却连日阴沉寒雨，有如我此刻的心情。秋川的文字朴实得如晒垡的土地，又真实得如待割的稻谷。我的阅读在《曾经的艳阳天》的映照下，温暖且湿润，边读边回忆边感叹边思考，想说的话很多，又很难理出一个头绪来。索性“意识流”，先说一件小事。

我自诩具备一个优秀的品质：不沾赌。在我们这个世界著名的麻将之国，到处都能遇到“牌局”，外出开会游玩休闲，总是有人约打两圈儿，我总是很抱歉地说不会。不但不会打麻将，连扑克也不会。就是逢年过节，家人或亲朋兴致勃勃地摆起牌桌，甚至连哄带拉邀我入局，我同样以不会为由拒绝。不但我，我的家人及子女，也同样远离这些不可须臾缺失的“大众娱乐”。有人问我，难道学习这些玩意儿比写小说还难吗？是不难，在牌桌上站一会儿便能学会，可是我不学。为什么不学，完全是因为浩然老师的一句话。

20 世纪 70 年代，我们这些怀着文学梦的文学青年经常围在浩然老师身边，常常几天在一起摸爬滚打。浩然老师写小说、讲课，我们则跟随左右拜师学艺。有一次在通州宾馆，我们几个人很自然地玩起了扑克，浩然老师进来了。我们客气地邀请浩然老师“与徒同乐”，浩然老师却叹息着：大好光阴就这么白白地流失掉了。

浩然老师这句话，肯定让当时的我们很尴尬、很羞愧。我不知道别人怎么样，反正我把这句话记在心里，同时把当时的尴尬和羞愧也牢牢地记在了心里。从此以后，我再也不沾这些玩意儿了，像远离毒品一样视为“禁忌”。

大运河的文学青年是幸运的，当偏远地方的人还不知道文学为何物的时候，我们便已经像熟悉亲人一样熟悉浩然、刘绍棠这些文学巨星了。我们是手捧着《艳阳天》，被两位大师一左一右搀扶着走向文坛的，犹如牙牙学语摇摇学步的婴儿，我们是何等地令人羡慕嫉妒恨啊！

在 20 世纪五六十年代的文坛上，浩然和刘绍棠是两位神话般的人物。那时候的文化人，哪怕是只读过冬仨月私塾或进过扫盲班的农民，恐怕很少有人没有读过《艳阳天》，继而是《金光大道》，继而是浩然的其他作品。浩然的名字和作品可以说是妇孺皆知。再说刘绍棠，真可谓是前无古人的神童作家。他在潞河中学读初中的时候，他的短篇小说《青枝绿叶》便已经收入到高中课本里。在美如仙境的潞河校园里，那些自命不凡的高中生在课堂上听老师分析着主题思想、段落大意、写作风格等等之后，便能够在协和湖畔看见文章的作者竟然是满脸童真的小学弟。

浩然的文学成就主要表现在两个方面：一个是他向读者和中国文坛奉献的鸿篇巨制；一个是他的“文学绿化工程”。

衡量一个作家的文学贡献，不在于他出了多少本书，也不在于他的作品有多么大的市场，更不在评论家和理论家的争辩与评论，而在于他向文学的圣殿里是否贡献了及贡献多少“典型人物”。我们可以忘记曹雪芹，却忘不了贾宝玉和林黛玉；我们可以忘记鲁迅，却忘不了阿 Q 和孔乙己；我们可以忘记莎士比亚，却忘不了哈姆雷特……这就是典型的意义，是文学永恒的力量。至少，在传统文学和现实主义作品中，这是一个至关重要的衡量标准。

改革开放以来，对浩然的作品确实存在着一些歧义和质疑。究其实质，这些不完全是对浩然作品的歧义和质疑，而是对那个时代的歧义和质疑。任何作家都会生活在一个具体的时代里，并且都会受到那个时代的影响和局限。我们不能站在今天的高度去挑剔历史，不能用今天的价值观和道德观去否定历史人物。或许我们已经不记得《艳阳天》的具体故事和主要情节了，但是我们记住了萧长春、焦淑红、弯弯绕、马大炮、马立本、大脚焦二菊，这些人物就在我们身边并且成了我们生活的一部分，这就够了，这就足以说明作品的魅力和生命力了。甚至被不少人指责的“高大泉”，难道不也是一个特殊年代的特殊典型吗？

典型在于真实，在于被读者认可，被读者接受。客观地说，浩然所处的那个时代是被许许多多条条框框所限制的，在这诸多的限制中写作，无异于戴着脚镣跳舞。戴着脚镣居然能舞动得多姿多彩，舞动出鲜明的个性和无穷的魅力，谈何容易？浩然能如此，主要是他对生活的忠诚。他一辈子坚守“写农民，为农民写”的承诺，并且把这种信条上升到信仰的程度。观浩然整个人生轨迹，他从来没有离开过农村，没有离开过农民。“为农民写”不是一句空话，而是一种神圣的责任。是土地养育了浩然，是农民成就了浩然，农村既是孕育浩然的襁褓又是他最终的灵魂安放处。浩然是完全彻底的农民作家，中国农民是不会忘记他的。

这是浩然成功的深厚基础和巨大推动力。

再说浩然的“文学绿化工程”。

浩然对农民的感情表现在他与农民的关系上，表现在他把农民作为文学主题上，更表现在他对农村文学青年的发现与栽培上。

我认识浩然老师是比较早的，因为我生活和工作的地区有许多来自冀东的领导同志，这些人大多是他的同乡同寅，保持着很深的友谊。我当时所在的马驹桥公社，党委书记安魁就是浩然的老朋友；我后来供职在县委宣传部，县委书记赵锋也是浩然的老朋友。再加上浩然曾经在通州地区工作很长时间，他便经常到通州来。1974 年春天，浩然为了推动农民的文学创作，建议成立由领导、专业人员和业余作者组成的“三结合”创作组。领导由县委书记赵锋和宣传部部长刘荣旺参加，专业人员除了浩然外，还有人民文学出版社总编韦君宜及责任编辑许显卿参加；业余作者则有张树林、张春昱、徐天立和我参加。

非常幸运的是，这“三结合”的每一方都不是挂名的，都是实实在在参与创作的。浩然和许显卿跟我们一起深入到农村，与农民同吃同住同劳动，就是韦君宜，也是经常到农村，一边了解和指导我们的创作，一边参加劳动。整整两年的时间，浩然老师一边创作他的《金光大道》和《西沙儿女》，一边具体地参与我们的长篇小说《晨光曲》的创作，从体验生活、提炼生活、总体构思、创作提纲，都跟我们一起讨论。初稿完成之后，浩然老师首先看了，又请韦君宜、赵锋、刘荣旺一起审查，提出意见并且反复讨论修改方案。责任编辑许显卿则更不用说了，他始终跟我们在一起，我们写一章他看一章，改一章。所以，《晨光曲》出版的时候，署的是“通县三结合创作组”的名字，因为确确实实这是一部集体创作的成果。小说由人民文学出版社出版，第一版便印了四十万册，出版后又由中央人民广播电台播送，并且八一电影制片厂亦紧锣密鼓地筹拍电影，应该算是很成功的了，在当时。

这是我亲身经历的事情，浩然所进行的“文学绿化工程”是一个庞大的工程，《晨光曲》只是一片小小的实验田。他几乎跑遍了所有的郊区县及北京周边地区，组织文学创作学习班并亲自授课，光是在通州，我们当时统计他已经讲了十九次课了，最后一次课是被唐山大地震震散了，这在秋川的书稿中也提到了。除了办学习班，讲课，给业余作者看稿、改稿、推荐稿，还亲自办起了《通州文艺》《运河》《苍生》等文学刊物。在生命的最后几年便一直在河北三河市，并担任了三河市文联主席。

浩然的“文学绿化工程”花费了他大量的心血，耗费了他大量的精力，当然也取得了令他欣慰的成果。

令我们同样欣慰的是秋川写了一本书，一本让人全面认识浩然的书，一本令人感慨万端的书。

曾经的艳阳天，永远的艳阳天；曾经的浩然，永远的浩然。

2013 年 9 年 25 日于通州武夷花园

吴门画派的花鸟世界

丙申秋末，一个雾霾弥天的傍晚，洪大亮约酒。他驾车接我赴宴，途中谈及准备为张继馨老师出画集和文集的事情。为恩师圣贤结集立传，是中国文人的传统，洪大亮却说得很庄重，颇有一种“为往圣继绝学”的神圣感，我顿时被感染了。

洪大亮是我的好友，又是芳邻。我一直关注着他的绘画创作，去年还专门看过他的画展，他的画风越发娴熟与独特，是一位风头强劲的画坛宿将，且兼任着北京荣宝斋画院的副院长。他说，这辈子只愿意为三个人做这种事，张继馨老师是第一个。

我是书画界的门外汉，但是张继馨老师的声名却早已贯耳。他是中国吴门画派的代表人物，尤以花鸟著称于世。席间翻看着张继馨老师的绘画作品，常常与洪大亮的画作联系起来。其间总感觉有一种神韵上的融汇与关联。心灵相通，这也许正是洪大亮对张继馨老师的敬重之所在。

洪大亮所做的是一项巨大的工程：一部画集，三部文集，洋洋四卷，都是大部头。他嘱我为张继馨老师的文集作序，我惶然又惶恐。

几天来不断翻看着张继馨老师《水乡情》的画册，看什么呢？看花，看鸟。看花是雾里看花，看鸟如闻鸟鸣。看花看鸟又不懂花不懂鸟，辜负了张继馨老师的心血丹青，惭愧。最后，只能如白痴一样说两个字：喜欢。

喜欢的是张继馨老师的画作，而让我惊叹和服膺的却是张继馨老师的功夫。张继馨老师在吴门画派推陈出新独树一帜，靠的就是这毕生修为和历练的功夫。

古人云，功夫在诗外，同样功夫也在画外。我总觉得一个人在艺术上的孜孜以求，是与他的经历分不开的。张继馨老师出生在苦寒之家，十四岁便独闯上海滩，做童工杂役以谋生存。生存且不易，何谈学艺？难舍的是那份绘画的天分，难得的是得遇良师的缘分。一个湮没在茫茫人海中的少年，一双脚为生计奔波，一双眼却在观察着这个繁杂的世界。他过早地尝到了生活的艰辛，也过早地看透了世间的炎凉。生活的路越走越窄，艺术的海洋却越来越宽广。当一个新的世界出现在他眼前的时候，他则用献身的精神扑上去拥抱。他报名参了军，却有幸被送去学习绘图；他曾经在陶瓷领域从事创作，也曾经在刺绣领域探索工笔，还曾经在吴门花苑搞设计，他在艺海中自由驰骋翱翔，却迎来了毁灭一切文化和艺术的“十年浩劫”。劫后重生，他在吴门画派脱颖而出，成为一名成绩斐然的画家和学子骛趋的教授。

生活教会了他观察，经历决定了他的深刻。毕加索说过，绘画是盲人的职业，他不是画他看见的东西，而是画他感觉到的东西，画他心目中曾经见过的东西。画家是自然与艺术之间的翻译官。张继馨老师笔下的花鸟，不是自然界中的花鸟，也不是别人看到过的花鸟，而是他心中自有的独特的花鸟，这便是艺术风格。没有风格谈不上艺术，而艺术的风格则来自艺术家的性格。

性格即人。翻阅着张继馨老师的文集，我们会看到一个怎么样的人呢？

张继馨老师的文集分为三卷：《馨子砚语》《笔上参禅》及《颠倒葫芦》。大多是短文，大多是即兴而作，大多是有感而发。透过这些短文，我们看到了张继馨老师对吴门画派独特的艺术追求，一篇篇深刻的感悟，让我们仿佛看到了一位艺术家毕生的探索，其艰辛、其喜悦、其顶峰体验，都跃然纸上。我们更多地读到的是其对吴门画派的高深见地，譬如“工笔与写意”“随类敷彩到随意点染”“用笔和泼墨”“中国画的吸引力”“小品画的趣”等等，这些像是自己的禅悟，更像是对自己的学生弟子谆谆以授。这个时候，我们看到的是一位慈祥深邃的师长和智者，是一位德高望重的艺术教育家。我们还从一些短文中看到，张继馨老师并不是“采菊东篱下，悠然见南山”的世外闲逸之士，相反，他对生活充满了热爱与关注，并且旗帜鲜明地亮明自己的观点和态度。对于假恶丑的东西毫不留情，对于胸中的块垒不吐不快，对于人性的弱点也剖析无遗。但是，他又不是那种横眉冷对的“激愤者”，他是温和的。说温和不大到位，应该说是趣味盎然的。是的，张继馨老师就是这么一位有高雅趣味的人，我们可以从他的画作中看到，更可以从他的文字中品出来。有妙趣才有佳境，有佳境才有灵悟，有灵悟才能出大作品，才能活出大滋味、大气象。书画在法，而其妙在人。肇自然之性，成造化之功。这便是张继馨老师的画品和人品，作品的艺术感染力和人格的魅力。

艺术之树常青，祝张继馨老师健康长寿。

2016 年 10 月 31 日于通州

张源之缘

张源先生不但以精湛独特的书法绘画艺术名播海内外，更以其高尚的品德和无私的精神闻名遐迩，特别是他报效桑梓的拳拳赤子之情，尤为感人至深。

张源先生的绘画，以版画为专修，而中国水墨写意画则得诸多大师真传，尤以画金鱼为最；张源先生的书法，以行楷为主，以历代名帖为师，兼采众家之长，朴实宽厚，意境深邃，气质神韵独具一格。

作为赏石理论家和收藏家，张源先生在界内堪称权威，德艺双馨；在界外则德高望众，令人叹为观止。

张源之书画缘

1931 年，张源出生在宋庄镇双埠头村一个耕读之家。虽说家境贫寒，却受到了良好的文化教育和文化熏陶。在这个道教文化氛围颇浓的村庄里，他读过短期小学，学习过《童子道经》，还以小学会考第一的成绩在全区夺魁。

其时正逢战乱，日本侵略者占领了华北并在通州成立了伪冀东自治政府，人民饥寒交迫，惶惶不可终日。张源无法继续读书，只好到北京达仁参庄当学徒，时年仅十二岁。这是父母为他设计好的前途，目的是不做庄稼活吃棒子饼子。然而学徒苦不堪言，又险遭骗子的圈套儿。父母担忧，说命该如此还是回家种田。后内战狼烟又起，为了逃避国民党抓兵，张源又逃到通州北关小学插班读书。

此间张源求知若渴，勤奋攻读。特别是书法、绘画等一些美术门类的课程，张源的成绩均极为突出。艺术天赋使然，亦勤学苦练之功。别人学书，都是从描红模子开始，张源不但没描过红模子，连跳格也没有写，直接临帖。当时学校里缺少教材，张源老是主动帮助刻蜡版，自己印制教材。

1949 年张源得解放之惠顺利到潞河中学读书，与著名作家刘绍棠同学。他们与文学同好组织起了赫赫有名的红楼新闻社，刘绍棠等文学才俊负责采编审稿，而张源则负责设计版面、题写刊头、书写文稿。新闻社以几块大黑板为版面，每日出版。晚自习以后，张源都要工作到深夜，第二天一早同学们便能及时读到挂在红楼外的板报。

由于家庭生活困难，张源初中毕业后没有读高中，进了铁路中级技术学校。毕业后分配到张家口铁路车站，任调度员，时年二十一岁。

在铁路系统工作期间，张源的主要工作是在宣传部门，业余时间剪纸及绘画创作。他的作品不断在《长城日报》《张家口日报》《铁道日报》等报刊上发表，在铁路职工绘画展览上，他的水彩画获得了一等奖。1958 年“大跃进”期间，他被北京铁路局调去搞北京前门站、永定门站、天津站的宣传绘画工作。他设计的《人心向党》的九朵葵花的图案，先是在《中国青年》杂志上发表，后又被制作成彩车，参加了国庆九周年的天安门游行仪仗队。

由于张源的努力和所取得的成就，他被推荐到中央美术学院创办的工农兵班进修。他们的辅导老师是李斛和萧淑芳先生，在两位大师亲自指导下，张源的艺术创作进入了一个新的境界。1960 年，张源在进修的基础上，考上了中央美术学院的版画系，开始了他接受高等教育的生涯。1965 年大学毕业后，分配到西南铁路工地创作组。

在铁路系统工作期间，张源在完成本职工作的同时，一直坚持创作。他的作品不断地在全国报刊上发表，声名越来越高。“文化大革命”中铁路、交通、邮政三部合一，他被分配到邮票设计室工作。他设计的许多作品如《三八妇女节》《兄妹开荒》都获得了邮票界的好评。

张源不仅在创作上成绩斐然，他的组织才能和吃苦耐劳的精神也充分地体现出来。有几个全国性的大型展览会都是他直接组织、策划、设计完成的。特别是全国工业交通展览会和农业展览馆的科技馆展览，他与同行们一起，连续奋战若干个日日夜夜，克服了重重困难，取得了很大的成功。

1995 年中国美术家协会开始恢复的时候，他被调去做组织工作。当时美协已经被“砸烂”，一切从头开始，寻找办公地点，添置办公设备，开展方方面面的工作，使美协的工作很快走向了正轨。此间他还参加了全国第四届文代会的筹备工作和会务工作。而会后大量的工作，则是为众多在“文化大革命”中受到迫害的美术家平反昭雪、落实政策，这需要做大量的工作、耗费大量的精力，张源任劳任怨，认真对待每一个人、每一件事，使许多美术家恢复了名誉、恢复了工作、恢复了艺术创作。还陆续举办了潘天寿、傅抱石、关山月、古元、黄永玉等美术大师的展览。

1980 年中国书法家协会恢复，张源又被调到书协工作，任组联部主任。

在书协工作期间，张源针对当时书法界存在的问题，倡导两件大事。一是举办正书展；二是举办新人新作展。特别是在举办新人新作展上，为了避免新人被压制，他要求在办刊上公开刊登征稿启事，由作者直接向书法展览会投稿，然后组织专家进行评选，体现了公开、公正、公平的原则，受到了文联领导和广大书法作者的好评。

半个世纪以来，张源在艺术道路上孜孜以求，不断进取。他的作品参加过许多次全国性的展览，获得过多种奖项，还与吴作人等美术大师的作品一起参加过美国博物馆展览。中国美术馆及美国、日本等权威机构都收藏了他的作品。张源先生现为中国书法协会理事，中国书法刻字研究会副会长，中国美术家协会会员，中国版画家协会会员、编审，中国书画函授大学教授。1989年举办张源捐赠亚运会书画展览，1994年举办张源书、画、藏石展览。

张源之金鱼缘

艺术是融会贯通的，艺术的功力是方方面面知识的积累。张源先生不仅书画造诣高，而且中国古典文学的功底也很深厚。他专业修的是版画，在版画创作中达到了很高的境界。一幅《乌龙入蜀》之作，旋涡飞转，湍流漱石，令人惊心动魄，而巨石上的猿猴却悠然自乐，化险为趣，表现了作者的大气魄、大胸怀、大旨趣。

在版画创作上取得了深乎众望的成就之后，他又将自己的艺术道路进一步向更深更广的方向拓展，他主攻的是中国画和中国书法。

1958年，吴作人、蒋兆和、叶浅予等国画大师下放到河北省的怀来温泉，并在那里作壁画。时在张家口的张源闻讯之后便登门拜访，使他受到了诸位大师的传授和启蒙。特别是吴作人的金鱼让他产生了极大的兴趣，他开始按部就班地学习国画。他将自己习作的金鱼请吴作人先生指教，吴作人先生告诉他，创作来源于生活，你要画金鱼，首先要观察金鱼、熟悉金鱼、懂得金鱼。

张源先生是个兢兢业业、一丝不苟的艺术家，在吴作人先生的指点下，他开始了与金鱼结缘。为了画好金鱼，他养起了金鱼。养金鱼犹如养宠物，一养便上了瘾。于是他对金鱼开始了深入的研究，了解金鱼的来源、饲养金鱼的历史、金鱼的各种变异、金鱼的种类品相等等。他常常到市场和街巷上，找那些卖金鱼养金鱼的人，向他们请教，与他们切磋研究，对金鱼的感情越来越深。于是，金鱼便在他的笔下活了起来。

他师承于大师，又不拘泥于大师。金鱼是有灵性的，有灵性的金鱼在他的笔下活跃起来，便成了他作品的神韵。张源体会到，金鱼的灵性全在尾巴上。尾巴是金鱼的动力和活力，不同的动力与活力表现出了金鱼不同的性格。张源把金鱼的尾巴画得出神入化，丰富多彩，金鱼便在他的笔下神态各异、争奇斗艳。

张源的中国画以水墨写意为主，题材包括山水、花卉、猫、金鱼。人们似乎更喜爱他的金鱼，每每求画求购，都首选金鱼。无论从创作上还是在日常生活中，张源都与金鱼结下了不解之缘。

张源之石缘

张源赏石是权威，藏石是一绝，谈石则通古博今，论石更关照人生。

张源对石有许多精辟之论，令人感悟颇深。他说，石足以修心，足以慰藉精神，足以启迪人生。拜石为师，以石做人，是他追求的人生价值。石之奉献精神足可令人倾倒。石登大雅之堂，可令金银失色；石铺路奠基，亦可与天地比肩。石任劳任怨，虽九死而不悔；石坚忍不拔，虽粉身而无怨。

张源与石结缘始自 1958 年，其时他正在铁路系统工作，到四川小南海长江大桥工地实习。挖掘机要把桥基下的泥沙挖到岩石层，大量的石子石块随着泥沙一起从沉睡年久的江底喷涌出来。他看见那些初见天日的石子在灿烂的阳光下形态各异、绚丽多姿，顿时激发了强烈的美感。他开始从泥沙中搜集奇石，捡了便装进牛皮纸的水泥袋里。越捡越多，越捡越上瘾，废寝忘食，完全沉醉在奇石的美妙神奇之中了。捡了整整一水泥袋，他背不动，只好又淘汰。搜集难，淘汰更难，每块奇石都爱不释手。没办法，最后终于在朋友的帮助下，硬是把那一水泥袋奇石弄回了北京。

从此，张源成了有心人。无论出差或旅游，每到一个地方，总是留意那里有没有险滩河流，总是千方百计地搜寻奇石。特别是“文化大革命”之后，奇石的发现与收藏越来越广泛，喜欢搜集奇石的人也愈发多起来。张源常常约上石友，利用各种机会到全国各地搜集奇石。

搜集奇石很辛苦，也很危险。金沙江、大渡河、茫茫沙漠、断壁悬崖，跋山涉水，烈日寒风，毒蛇猛兽，其艰难险阻可想而知。有一位石友，就是在江边一脚登空丧身滔滔江水之中的。苦不怕，累不怕，险不怕，乐在其中，发现在其中，感悟在其中。

随着赏石市场的逐渐形成和扩展，张源又将搜集奇石的目光放在了市场上。平时，张源的生活非常节俭，他把有限的收入都投入到购买奇石上了。无论走到哪里，他第一要去的地方便是赏石市场。发现好的石头，便怦然心动，迷恋不已。有一次在银川，他与老伴儿看上了一块迎客松图案的石头。他想买，一个河南人也想买。他不好跟人家竞争，便放弃了。可是回到宾馆，怎么也睡不着，便与老伴儿打车找到那个卖石人，连夜将那块石头买下来。

几十年来，张源到底搜集了多少石头，连他自己也数不出个准确的数字。号称一万块，还不算那些到处堆积的鹅卵石。大的石头有两吨多重，而且形形色色，许多都是稀世珍品。他的家里堆满了石头，又在老家双埠头盖了房子，还是用来堆积石头。家里放不下了，就到处借房存放。张源最大的财富就是石头，不仅仅是物质财富，更主要的是精神财富，更是他艺术主旨的直接体现。

石乃艺术之本，又是艺术之源。奇石本身就是艺术，是大自然的鬼斧神工造化的天然艺术，花鸟鱼虫、山川河流、日月光华、人物典故，都可以出神入化地在奇石上塑造出来。作为艺术的门类，浓墨重彩的油画，线条分明的国画，画龙点睛的写意，甚至令人称奇的抽象派，都能从石头上找出绝世之作。

赏石不仅仅是欣赏把玩，也不仅仅是藏珍收奇，赏石是学问，是研究，是感悟。研究石头，要具有广泛深入的社会学基础，要懂文学、美学、哲学、历史，乃至宗教、民俗等等，这些都是石头的内涵与命题。不仅如此，还要懂得自然科学，化学、地质学、物理学、天文学等等，这是对石头分类与认识的深入，是赏石理论最重要的一部分。

所谓拜石为师，以石做人，张源的解释是要把石头的奉献精神作为生命的价值，作为人生追求的最高境界。万块珍石，可以说是价值连城。光是一块米芾拜石，就有人出三四十万元求购，张源当然不卖。张源在赏石界大名鼎鼎，不断有人前来出高价买他的藏石。也有人劝他，不如将一些石头卖了，为自己和儿女提高一下生活质量。张源对其子女说，把石头换成钱干什么？无非是买几套房子，买几辆车。房子有住的就行了，车也可有可无。一辆车再好，用十几年、几十年不还是要坏吗？而石头是永恒的，石头是我从大自然中选出来的，最后还是要回归大自然。所谓回归大自然，就是不能独自占有。近些年来，张源最大的愿望就是将这些石头找个安身之所，而且要放在自己的家乡。通州社会各界的有识之士也不断地为张源呼吁，希望张源的奇石能为文化底蕴深厚的运河文化增添一道亮丽的风景线。

如许许多多运河子孙一样，张源对自己的家乡怀有深深的感情，怀有拳拳报效之心。除了藏石，张源手里还有一份珍贵的瑰宝。他在全国书协工作期间，结识了许多著名的书法家。他没有为自己搜集名家名作，而是请了一百多位书法家书写历代名贤描写通州的诗篇。这个巨大的工程完成之后，张源无私地献给了通州档案馆收藏。

值得欣慰的是，通州档案馆正在筹备建立张源艺术馆，宋庄镇政府也正在筹备建立张源的赏石艺术园，并且已经进入实质性的阶段。

大运河这片文化土壤上培育出来的艺术家张源，为自己的故乡感到自豪；同样，大运河漕运码头上的通州人民，也为有这些德艺双馨的艺术家感到骄傲。张源先生的艺术生命，亦将融入大运河文化的灿烂星空中，成为运河文化光彩夺目的一页。

2005 年 7 月 26 日

书品与人品

松华先生是我的老领导，更是我的兄长和朋友。我之所以这么说，是因为他成为我家乡县区主要领导者的时候，我已经调离了。我属于“离土不离乡”，长期以来，一直受到他的呵护和照顾。他宽厚随和的兄长风范、推心置腹的知己情谊，是完全可以信赖和托付的。在公开的场面上，我习惯于称呼他“主席”，不仅仅因为他是从北京市政协副主席的位置上退下来的，我觉得相比其他官衔，“主席”显得平易亲切一些。其实我一直想称他“兄长”的，呼应左右的，大多是他的老部下，我也便随流了。

老兄长喜欢书法，公务缠身的时候也常常挥毫尽兴，退下来之后，便将书法作为情趣，并孜孜以求学而不倦，日就月将，渐入佳境。常有索书求墨者，我亦然。每当展卷观览，总有新的惊喜。几年下来，他的书法作品或收藏于友朋之手，或悬挂在楼堂馆所，每每引人叹啧佳议。著名书法家张世俊说过，松华的楷书敦厚扎实，笔笔到位，无敷衍，无虚处。

"敦厚扎实，笔笔到位，无敷衍，无虚处"，这何止是书法？松华做人做事亦是如此，文以载道，字如其人，如此可见一斑。

从此处引申开来，作文也好，画画也罢，写字亦然，落在纸上的东西，是从胸襟里挥发出来的。且不说人品心胸，也不说性格气质，单说那一词一句一笔一画中，便透露出多少生活的历练与学识的积淀。只要你一开口说话，便知道你经历了多少事，读过几本书，也大体知道你的出身与修为。

我曾经多次说过，生活在通州这片土地上的读书人和写书人是非常幸运的。这是一片有着丰厚文化底蕴的土壤，举世闻名的京杭大运河的北端，天庾正供的漕运码头，天朝皇城的东大门；而且又是中原王朝与北方诸民族不停征伐不断易主的繁冲要塞，是中原农耕文化与北方游牧文化交替融合的肥田沃土，是让一切野心勃勃的英雄豪杰都能成为匆匆过客的大舞台。

文脉深浅短长和特质决定着地域的性格和集体无意识，对历史的尊重、对文化的敬畏、对耕读的崇拜成了这片神奇土地上的共同信仰。即使是在"十年浩劫"那样的特殊时期，清醒的领导者和地方贤良也是不敢亵渎文化的。待到松华主政地方的时候，更是把文化提到了相应的高度。让我感动的是，早在"文革"刚刚结束之后的20世纪80年代，他就为刚刚改正"右派"的"神童"作家刘绍棠建立了"刘绍棠文库"，并且授予其"人民作家光耀乡土"的称号及匾额。那时候作家还是非常清苦的，连个像样的书房都没有。在当时住房非常紧张的情况下，松华为刘绍棠、浩然安排了最好的住宅楼，是当时县级领导都很难享受到的待遇。

那个时候我刚刚步入文坛，勉强可以称之为“青年作家”。他常常关注我的创作，为我提供生活与创作的方便。我的第一部长篇小说《异母兄弟》出版之后，北京作协要为我召开一个作品研讨会，考虑到我与家乡的密切关系，提出可否与县委宣传部联合召开。我向时任常务副县长的张世光汇报，世光几乎想都没想，便说，要以“通县人民政府”的名义与北京作协联合举办，县政府负担一切费用。世光向当时任县委书记的松华进行了汇报，得到了热情的肯定和支持。研讨会开幕当天，松华不但率领全体常委参加了会议，还请来了一直支持关心我的老县委书记赵峰同志。赵峰同志在会上第一个发言，对我进行了中肯的评价和鼓励。

我的长篇历史小说《漕运码头》出版以后，获北京市建国五十周年优秀长篇小说奖和第二届姚雪垠长篇历史小说奖，中国现代文学馆联合人民文学出版社、中国作协、北京作协等单位准备召开一个研讨会，松华听说之后，立即与当时的区委书记崔君乐同志商量，区委要参与并且作为主办单位之一，并给予了大力支持。松华代表北京市政协领导参加了会议，崔君乐亦如当年的松华一样，带领区委主要领导参加了会议，两个人都发表了热情洋溢的讲话。及至《漕运码头》筹备拍摄四十集电视连续剧的时候，松华很是兴奋，亲自与当时的区委书记王云峰等领导者接洽协商，使拍摄工作得以顺利进行，并为通州人民留下了一座《漕运码头》外景基地。

在我与张世光创作《通州赋》期间，松华更是直接参与，帮助征询方方面面的意见，为《通州赋》的发行与宣传做了大量的工作。不仅仅是对我，几乎对家乡所有的公益事业和文化事业，包括对文联及艺术家们的支持与帮助，他都是一副古道热肠，尽其所能而为之。

扯远了，但是没有离题。我之所以占用篇幅说这么多的话，是想说明松华同志的文化情怀、乡愁情怀、仁厚情怀。一个有如此情怀的人，一定会在他的书法中表现出来的，这是他的作品，更是他的人品。仁者寿，明年将是他的八十大寿了，友人们为了庆贺，筹划为他出一部书法作品集，松华嘱乃华和我各写几句。有点儿惶恐，又想说点儿什么，权作序。

2016 年 5 月 17 日于通州

中国长城实绘

景浩先生以杖朝之高龄，创稀世之巨制；以老骥之足力，踏长城之广域；以阅世之学识，考长城之古今；以白石之再传，绘长城之恢宏。历时八载，成就一百六十六幅，幅长三点六米，阔七十二厘米，长达五百九十七米。余戏称：一里长卷。

余与景浩先生交契逾五十载矣。先生半生苦厄坎坷，唯以翰墨丹青为寄，亦以翰墨丹青为生。适逢改革新政，运交华盖，其画其书，声名鹊起。乃创建艺缘斋，以翰墨结缘，以书画载道。曾历时四载，钩沉典籍，走访乡翁，绘就马驹桥、永乐店、张家湾、漷县四古镇历史卷图，抢救珍稀史料以留后人。

景浩先生古稀有五之年壮心勃发，欲将中国万里长城揽入胸襟呈现笔端。妻郝孟霞忧其年高心力不逮，景浩云，若酬此愿，可延寿十载。孟霞遂倾心竭力相伴，妻甥季勇亦弃商襄助。三人驱车长奔玉门关，首登河仓故城。大漠荒野，朔风尖厉，骄阳暴烈。景浩先生挥笔写生，如醉如痴，身上裸皮晒脱三层。孟霞季勇为其撑伞遮阳，助其拍摄录像，照料饮食行止。从玉门关至丹东虎山，查资料寻遗迹访边民，攀高峰爬陡壁登险隘，排难涉险自不必言。然登山则情满于山，观海则意溢于海，吐纳风云，其磅礴之气可见矣。

八载之中，景浩一行先后登临长城二十六次，行程三万三千余公里。写生百二十幅，日记四册，照片近六千帧，录像数百小时，草稿小稿及路线图累案盈箱。

成大业者，志存高远且脚踏实地者也。

王梓夫　谨记

己亥仲春

功夫在书画之外

学功精于书画，乃先攻于文学。艺术诸类一脉相承，亦即脉脉相通。文学乃诸类艺术之根基，根基不奠，如风中之絮、水上之萍。时下常见书家录名句名诗或张冠李戴，或谬误蹊跷，此绝非笔误疏忽，实为学识浅陋所至，令方家哂笑。余观中央电视台青年歌手大奖赛之文化考核，歌手不知孔明鲁迅何朝人士，不知明清孰先孰后，不知拿破仑与华盛顿之属何国，笑话百出却笑不出来。如此轻浮浅薄之徒竟登大雅之堂，且自命不凡，并有同样轻浮浅薄之“粉丝”舍命追捧，实我中华民族之悲哀，现实教育之悲哀，五千年博大精深传统文化之悲哀。

与学功初识相交，未赠彰显其才华之书画，却以小说《风雪荒原》相馈。此鸿篇巨制亦曾改编为长篇电视连续剧，并由文学大师李准先生作序，令人惊诧不已。后每与学功相聚，亦多以文学诗词切入话题，且滔滔不绝，常有惊世骇俗之高论。偶叙身历，始知其幼年因父辈命途多舛，回祖籍白洋淀读书求学，与伯祖父朝夕相处，受其耳濡目染、言传身教。此间伯祖父教其唐诗宋词、诸子百家，又督其练字习画，且授百味人生之真谛，夯实幼学之根基，遂使受益终身。

及至中学学功方回通州就读。通州乃京杭大运河漕运码头，融南北文化之精华，聚名贤巨擘之文脉，积天道人心之底蕴。学功在此文昌胜地，如鱼得水，如饥似渴，游刃而有余。经父亲举荐，拜欧阳中石先生为师。在大师家中，学功有幸读社会之大书，目睹书界、画界、戏剧界、文学界众多高山仰止之名流。与高者相聚，不以学一艺一技为本，则以其人品志向胸襟为师。赏其品位，感其气象，观其神采，悟其心性，得其境界。遂令自身登高望远，取法乎上。学功曾戏曰，入欧阳之门，却授之以画，花鸟之功，梅兰竹菊是也。拜苦禅帐前，又多习书。大师之博学多艺，可窥一斑；艺术之融会贯通，可见全豹。

观学功翰墨之作，筋骨硬健，任情恣意，如大风吹面，胸襟畅快。观学功丹青之作，亦有豁然入目之感。足墨足色，大疏大密，大奇大险，大气象大风范。追根寻源，得益于大家真传面授。少时学艺，曾受教于李苦禅大师；南京艺术学院进修之时，又聆听刘海粟大师授课；百尺竿头之际，又拜入姚有多大师门下；市场营造，更得韩美林先生扶持相助。

师出有门，学养有道。有门有道为学者幸事，道行如何则看自家功夫。工画者应善书，善书者应习诗，习诗者应通文。功夫在诗外，亦在书画之外。心源为炉，笔端为炭。有第一等襟抱、第一等学识，斯有第一等真诗，亦斯有第一等书画。学功正身体力行之，余则心向往之。

2007 年 3 月 31 日于桑梓轩

第 三 辑

民间史官

二十几年前，我在长篇小说《漕运码头》的创作准备中，寻访过陈乃文老先生。通州城东北隅有一个收藏着历史故事的小村庄，叫舍孤台（一名赦孤台），小村里有一条悠长而神秘的胡同，在胡同尽头一个同样收藏着历史故事的小院里，我见到了陈乃文老先生。老先生的热情儒雅以及一副儒雅人才独有的清癯瘦骨给我留下了深刻的印象。老先生尽其所知，给我讲了运河及漕运的历史掌故和民间传说，又以他所收藏的极其珍贵的《军粮经纪秘符扇》的复印稿相赠。此后，又有几次与老先生相逢的经历，难忘的是《漕运码头》电视剧播放之际，他曾与剧组的主创人员到北京电视台做过关于漕运的节目。

一直以来，我视陈老先生为良师益友，视为心灵相通的忘年之交。政协王文宝先生打电话给我，说老先生要出一部书，让我作序。虽然说人之患在好为人序，我还是欣然接受了这个任务，未顾忌能否做好，只为我和老先生这份难得的情义。面对着这厚厚的一摞文稿，一股油然而生的敬意和感动让我泪湿。我似乎看到了通州古城那些收藏着历史故事的蛛网般的胡同里，徘徊着老先生那清癯又羸弱的身影，听到老先生与诸多与他同龄的老者在侃侃交谈。他不是在享受晚年的清闲与雅致，而是与当年的我一样，寻访着像他一样的历史收藏者。

在以往的岁月里，我几乎走遍了整个中国大陆，每一个地方都有一些历史的寻访者和收藏者。他们把历史奉为神圣的宗教，以苦行僧般的殉教精神孜孜以求，倾尽心血搜集和记载着当地的历史。有人称他们为民俗学家或文史工作者，我倒愿意称他们为民间史官。最难忘的是陕西合阳的史耀增，他比陈乃文老先生年轻几岁，在合阳乃至陕西省都很有名气。他不但将毕生的精力奉献给了文史事业，还把书法家的儿子史继鸿培养成了自己的继承者。

在中国，史官是一个极为独特的群体。有人说，中国没有真正意义上的宗教，历史便是中国人的宗教。一些施暴作孽者、贪腐淫乱者、奸诈欺骗者、造假贩假者以及欺善凌弱打爹骂娘者，他们无所畏惧，毫无顾忌，不怕断子绝孙，不怕来世变猪犬，也不怕死后下地狱，因为他们没有信仰。但是他们怕“上书”，怕历史，怕白纸黑字，怕遗臭万年。对历史的敬畏使中国人有了独特的宗教精神，也由此诞生了一大批虔诚的教徒，这些教徒便是官方的史官和民间的史官。他们把历史视为神圣的宗教，而同样神圣的教义便只有两个字：真相。

春秋时期，崔抒杀了齐庄公，立了齐景公，自己做了国相。

齐国太史记道：“崔抒弑其君。”崔抒不愿意在历史上留下弑君的恶名，下令把太史杀了。可是，继任的太史还是这样写，又被杀了。第三任太史仍然这样写，也被杀了。第四个太史毫无畏惧，照样直书其事，崔抒感到正直的史官是杀不绝的，终于手软了。齐国另一位史官南史氏，听说接连有三位太史因实录国事被杀，唯恐没有人再敢直书，便带上写有“崔抒弑其君”的竹简向宫廷走去，这不啻于英勇赴死。中途得知第四位太史没有被杀，才回去了。

正因为有了视历史为宗教的文化传统，有了世世代代为历史真相殉教的史官，才有了中华民族五千年历史的辉煌。更加值得敬佩的是诸多的民间史官，由于他们的存在支撑着官方史官的正直与牺牲精神，也修正和补充了统治者掩盖篡改和残缺的史实。

很高兴地看到，这些年来，通州政协文史委把这些有志于寻访和收藏历史的“民间史官”组织起来，做了大量的非常有益的工作，连续出版了一系列珍贵的文史资料。陈乃文先生的史作出版，是一件值得庆贺的事情。这是一个漕运世家的稀世史料，是一位教育工作者的社会良心，是一个老通州人的历史担当。

忝为序。

2013 年 4 月 12 日于通州

文化馆情结

新时期文学艺术的新生力量，除了少数是高等学府培养的，大多来自基层。而来自基层的骨干分子，又多与文化馆有着密切的关系。20 世纪 70 年代中期，从“文革”中逐渐恢复了元气的文化馆，在蓬勃兴起的文学创作与群众文化中担当起了重要角色，将文学创作与群众文化熔为一炉，办起了各种各样的培训班、学习班、组稿班，培养了大批文学青年和艺术新秀。因之，来自基层的侪辈文学艺术工作者，对文化馆有着亲情般的怀念与感恩。

到文化馆工作，做一名群众文化工作者，曾经是我青年时期的梦想。20 世纪 60 年代初期，中国农村从席卷全国的“大饥馑”中苏醒过来，生产生活得到了极大的恢复。填饱了肚子的农民开始寻找新的希望，对生活与未来焕发了极大的热情。加之上面手足无措的热情和扶持，农村的文化活动出现了短暂的繁荣。就是在这种情况下，我被调到了公社任群众文化员，又称之为俱乐部主任。这个差事算是补贴干部，虽然是脱产了，但仍然有一条腿深深地插在泥土里。不领国家财政拨发的工资，不吃商品粮，没有公费医疗本。总之，在中国特色的壁垒森严的户籍制度下，依然划归农民。

成为国家干部或国家工作人员，是每一个补贴干部追求奋斗的终极目标。而我的目标则是锁定了文化馆。

因为河北省的一个农民演出队到北京汇报演出，路过我们的古镇，专门为贫下中农“服务”一场。在当时，这也是很大的新闻，新华社、《人民日报》的记者都来了，演出后我们的座谈是要发消息的。在那个场合我认识了文化馆的孙宝琦，并怀着崇拜的心情听取了他对演出节目的精彩点评。这时候，我知道了文化馆有一种工作，叫作创作员，这正是我梦寐以求的职位。

后来，文化馆也不可避免地被“史无前例”的浊流吞没了，我那可怜的梦想像诺亚方舟一样留在我的信念里。接踵而来的是一种全新的群众文化形式，亦即从国家级到省市县级到公社生产队级乃至班组级的形形色色的文艺宣传队，它的功能与职权直接取代了文化馆。幸运的是，我后来成为县级文艺宣传队的一员，也担任的是创作员的工作。及至宣传队进入苟延残喘的弥留之际，文化馆又奇迹般地复活了。这也许就是宿命。我在宣传队的许多同事顺理成章地转入了享受国家正式编制的文化馆，我却进入了“六扇门”，不久又就职于国家专业艺术院团，这样便与文化馆失之交臂。

虽然未能实现进入文化馆的梦想，却与文化馆结下了不解之缘。那里有我的同事、我的朋友、我的文学同人兄弟，也有我的爱好与事业。通州最早的文学刊物就是在文化馆诞生并哺育成长起来的，我在那里倾注了我的心血。还有一个刊物叫作《群众文化》，与《运河》相得益彰，重点刊载群众文化的作品。有时候是刊的形式，有时候是报的形式，是通州文学艺术爱好者非常喜爱、用心呵护的一个平台。特别是《运河》因各种因由受到打压甚或停刊的时候，《群众文化》则铁肩担道义，成了通州文学同人保存实力、养精蓄锐、伺机发展的大后方。

当然，《群众文化》也并非风正一帆悬，停停办办，办办停停，毁灭又重生。近来，运河文化提到了前所未有的高度，受到了从中央到地方的全力扶持和推进。借此东风，《群众文化》又以《运河群文》的面目涅槃重生，令人振奋。特别值得一提的是，文化馆的领导知人善任，聘回了资深的文化工作者楚学晶担纲，这实在是一种远见圣明之举。

我是个保命主义者，主张退休后全心全意地享乐金色时光。但是对于楚学晶的返聘，我是支持的。他让我写篇小文，表个态，我乐于遵嘱照办。再多说一句，在运河文化领域，我和学晶是结识最早最长久的，应该有半个世纪了。他从事文学创作，取得了丰硕的成果，但是他的主要精力倾注在他所热爱的群众文化创作和实践中了，这是令人格外尊敬和推崇的。他以古稀之年再做冯妇，会很出彩儿的。我们祝福他，也以同样情感祝福《运河群文》。

2017 年 9 月 1 日于武夷花园

我是一名广播员

一

大约是1962年，有线广播通到了我所居住的小乡村。那时候我正在上中学，记得还以“我们村里的喜事”为题写了一篇作文。当时同学们写的喜事，有讲通电话的，有讲安电灯的。我们村通电较晚，广播却是与邻村同步的。那时候的广播利用的是电话线，播音的时候是不能打电话的。

早晨起来，我们背着书包，迎着灿烂的阳光走在去往镇中学的路上，村头的大喇叭响了，随着雄壮的《东方红》乐曲声，一路上听到的是中央人民广播电台的《新闻和报纸摘要》节目。晚上放学路上，我们多是听到通县广播站的自办节目。那时候正在播送“九评”，我始终觉得，“九评”的播音达到了完美的顶峰，以后无论听到什么广播，至少在听觉冲击上，再也体验不到那种惊心动魄的震撼了。很快，广播成了我们生活中不可或缺的一部分，我们这些处在“英雄崇拜时期”的少年大多迷上了广播。《新闻和报纸摘要》节目多是葛兰、夏青播送的，通县广播站的节目多是王明、黄剑秋播送的。于是，我们便成了这些播音员的“粉丝”，葛兰、夏青、王明、黄剑秋成了我们的偶像。那种崇拜的程度，丝毫不亚于当今青年对李咏、王小丫的追捧。

能够做一名播音员，哪怕是公社广播站的播音员，成了许多人的梦想。几年以后，当我真的在公社广播站工作的时候，中央人民广播电台来招考播音员。消息传开后，竟然来了一百多名应聘者，而且大多是我的同学。有些同学是学习很差的，在课堂上几乎连课文都读不好，甚至在我看来丝毫没有希望的眼睛有残疾的一位同学也来了。如同当今什么人都敢报名“超女”去尝试一把一样，当然，结果是一个都没有取上，不知道这些人是否受到了人生的第一次打击。

二

那时候没有电视，只有一份报纸在大队部，广播成了人们获取信息的主要手段。广播在农民生活中占据着重要的地位，国内外新闻、本地消息、党政中心工作、农时农事安排都通过广播传达给农民。特别是每天的天气预报，农民再忙也要认真听的。我儿子牙牙学语的时候，首先背诵的不是唐诗宋词，而是天气预报，总是喋喋不休地叫喊着：风向“南北风”，风力“不着急”……

我参与广播的手段就是写稿，为通县广播站和公社广播站写新闻报道。能在广播上听到本村本地的事，如同当今在电视上看到身边的事一样，同样是非常亲切、非常激动的。为通县广播站写稿是给稿费的，无论长短，每篇五角钱。不但给稿费，还播送来稿者的名字。公社广播既不给稿费也不播名字，只是使用率较高，差不多是每稿必播。

有一年通县广播站搞国庆征文，说是稿酬从优。我花了很大的力气写了一篇人物通讯，写的是我们村贫协主席解放前的苦难经历。稿子播出了，差不多播了有半个小时的时间，影响是可想而知的。我等着那笔从优的稿酬，须知当时的五角钱也算是一笔不小的收入了。一个劳动日一两角钱，还要等到秋后结算分红。盼来盼去，始终没有盼到那笔稿酬，原来我那篇文章是用笔名写的，大概人家不知道寄给谁。当时也不懂得打电话问一问，胆小。

那时候写稿叫通讯员，我们村的通讯员还有几个，较有成就的是吴思民。他有一次写了一篇舍己救人的稿子，讲的是我们村团员周春海在大车轮子底下将一个小孩儿救出来的事。稿子广播之后，团县委、武装部立即来人调查，周春海一夜之间成了英雄。为此，他不但当上了村团支部书记，还出席了北京优秀民兵代表大会。更让我们羡慕的是，会上还奖励给他一支半自动步枪。每天晚上，拆枪装枪、练习射击成了我们最喜欢的活动内容。

三

我们公社的第一任广播员叫杨福清，一个非常优秀的女人。广播站上上下下只有她一个人，不但要采稿编稿播音，还要负责镇上和各村所有的高音喇叭的管理和维修。她每天骑着自行车各村跑，我多次亲眼看见她套着脚扣爬上高高的电线杆，心想这个女人的胆子真不小。

就是这么一个能干的女人，公社精减时却把她“减”了，原因是她结婚有孩子，嫌她家庭负担大。杨福清被精减掉之后换上了我和韩德林，这让我心里一直对她存有愧疚。我和韩德林都是兼职的，我挣的是文化员的工资，韩德林挣的是出纳员的工资，“减”了杨福清等于公社少了一个人开支。一个人的工资不过三十元钱，那时候穷，这三十元常常让领导愁得睡不着觉，都难。

我跟韩德林接管了广播站之后，上级来了指示，要把广播线与电话线分开。分开的好处一是广播时不再影响打电话，二是可以延长广播时间。这在当时是一个大工程，上边拨下来的钱很少，公社又无钱往里添，只有因陋就简、自力更生。改线所用的电线杆没有钱买，我们就自己用水泥浇铸。电线杆造出来了，还要一个村一个村架线路。向村里征用义务工，线路各村负责各村的，指挥监工的事要由我们管。我和韩德林忙不过来，就找王长礼帮忙。王长礼是电影队放电影的，他晚上放电影，白天可以跟我们一起架电线。有时候晚上没有电影，他也去播音。我们都忙不过来了，就请喜景祥帮忙。喜景祥是办公室的，他有时间可以帮助我们晚上播音。这样一来，广播站虽然没有专职人员，却也兵强马壮，红红火火。

广播站原本是机房重地闲人免进的地方，但是大家都是主人，便谁都不是“闲人”了。不但跟广播有关的人进进出出，后来我办宣传队，所有的队员都理直气壮地进来。当然，轮到播音的时候，我们要把门插上。播音一完，又对外开放了。

人多了就要出乱子。那时候没有录音机，所有的节目都是直播。广播室成了我们聚会的场所，那一天轮到我播音，刚播完音外面就有人敲门。我去开门，却忘了关机器。乱哄哄进来一大帮人，进来就乱喊乱叫还乱骂着玩。这些乌七八糟的声音通过广播原原本本地传了出去，马上有人打电话来质问，说是不是又有人夺权了，那时候夺权是很时髦的事。

我们立刻慌了，知道惹了大祸。那年月广播是党的喉舌、重要的专政工具，如此胡闹，要是上纲上线就有可能把我们打成反革命专政。吓得我们立刻骑着自行车去找革委会主任张合祥，他当时正在乡下蹲点。我们诚惶诚恐地找到张合祥，等待着灭顶之灾的到来。没想到张合祥这个刚刚被解放出来的“走资派”，一点儿也不嫉恨我们年轻人，只是轻描淡写地批评我们太马虎了，以后注意点儿，连检查都没让我们写。

如此大赦让我们感激涕零，更是感念他的宽宏大德。后来他调到乔庄农场，我们还特意去看望过他。

四

广播是神圣的，尽管我们曾经因为马虎亵渎了这圣上，但是从内心深处还是对广播有着一种敬畏之情的。因为从广播里，我们能最先听到毛主席的声音。我当时办了一支毛泽东思想文艺宣传队，经常到中央电视台去演出。那时候中央电视台也不事先录像，都是现场直播。每当毛主席发布最新指示的时候，上面便来人事先把内容透露给我们。我们当天创作，当天排练，晚上毛主席最新指示一播出，我们立刻上台演出。可谓是紧跟不掉队，宣传不过夜。

我们创作节目的时候，差不多都用一句话：红色电波传喜讯，毛主席指示暖人心。可见毛主席这些最高最新指示，都是通过红色电波传出来的。

关于广播，毛主席有一个重要的题词：努力办好广播，让全世界都能听到我们的声音。

每天早上，当我打开广播机，让中央人民广播电台的声音传遍千家万户的时候，我站在广播机前，心里总是涌动着一股澎湃的激情。有一天心血来潮，居然写了一首长诗，内容就是“让全世界都能听到我们的声音”。现在，除了毛主席的题词外，我写的什么一句都不记得了。

时代在缓慢地进步，有一天公社开大会，革委会副主任任大湖要把大会的内容录下来，会后要在广播站播送。他让我到教育局去找贯宝忠借录音机，并让教育局的同志教会我使用。那是我第一次知道声音还可以保存下来，就像保存照片一样，我也是第一次感觉到了高科技的神秘和高不可攀。

知道了录音机是好东西，总是盼望着我们的广播站能有一台录音机。后来果真有了，记不清是我们买的还是上面配备的，我们买的可能性不大，因为没有钱。

总之，我们用上了录音机，这可方便多了。头天晚上，我们就把所有的节目都录制好，到广播的时候，只要打开机器就可以了。我可以一边放广播一边看小说，更重要的是播音的时候不那么紧张了，不会因口误播错了稿子。还有，我们可以把一些文艺节目录制下来，让人们坐在家门口就能欣赏我们的演出。

有一天，我休假回家到朱大爷家串门，外面的大喇叭里正在播送着我录制的节目。朱大爷问我，这喇叭里的声音不是你吗？我说是我，他说你不是在这儿吗？我告诉他这是录音。他也是第一次听到“录音”这个词，怎么能把人的声音录下来呢？我跟他解释半天他也不明白，不明白就不明白吧，我也明白不了多少。

算起来我当了两年多的广播员。我说过，我是兼职的，我的本职工作是文化员。我喜欢广播，但是要是与文化工作比较起来，我还是更偏重文化一些。当时文化也很受重视，领导考虑到我们的兼职不是长远之计，便安排了一名专职广播员。接替我们的是李淑芝，后来她当兵走了，换了齐桂聪。再后来，我也离开了，调到县文艺宣传队任创作员。我从宣传队又调到了县委宣传部，后来又下放到文化局。直到 1981 年我离开通州调到北京人民艺术剧院从事专业创作。

有人说过，一个人最大的幸福就是一生从事他所热爱的事业。我是幸福的，盘算起我的文学生涯，应该从广播员算起。我爱广播，我感谢广播。

2006 年 8 月 23 日于洋桥

我写《漕运码头》

可以说，《漕运码头》是我的安身立命之作。我曾经跟友人说过，等我的漕运三部曲完成了，以前所写的所有作品都可以不算数，权当是练笔了。

我是1978年开始发表作品的，在此之前，虽然也写过一些东西，甚至还在人民文学出版社出版过一部长篇小说，但是有的还称不上文学，有的不是以我的名义署名的，均不作数。二十余年来，我所创作并发表的作品总有几万字。就小说来说，作家出版社曾经为我出过一套自选集：长篇小说一卷，中篇小说一卷，短篇小说一卷。

一直有人在问我，你的代表作是什么？我回答不上来。什么叫代表作？获奖的就是代表作吗？被多家转载有些影响的就是代表作吗？我觉得都不是，只有真正代表自己的文学追求和创作水准的作品，只有真正被广大学者和读者认可的作品，只有真正有别于别人并有别于自己的作品，才可以称得上是代表作。多年来，我一直在准备着写这样一部作品。

每个作家都有一片土壤，这片土壤不仅决定着一个作家性格气质的形成，还决定着他的文学主题和作品风格。在初涉文坛的时候，我曾经受刘绍棠、浩然等老作家的影响，老老实实并扎扎实实地研究乡土，消化乡土，创作乡土文学。但是当我调到北京人民艺术剧院任专业编剧以后，便渐渐地远离了“乡土”，并不再标榜自己是乡土文学作家。我当时的想法是，我虽然是大运河的农家子弟，却不能画地为牢，困死在这片土地上。这片土地再肥沃，也只是整个世界的一部分。我必须走出乡土，走向城市，走向全国，走向世界。只有离开了乡土，站在更高的角度回眸眺望，才能更深刻、更全面、更准确地了解乡土。当我再次把创作的目光转向大运河的时候，关注的不再是日新月异、眼花缭乱的现实，而是文化底蕴深厚的漕运历史。

大运河和长城是中华民族两大人工奇迹，封闭的长城和开放的大运河形成了一个巨大的“人”字屹立在世界的东方。千余年来，大运河成了贯穿中华帝国南北的大动脉，为中华民族的统一、为南北物资与文化的交流做出了杰出的贡献。元明清之际，光是每年从全国各地运到北京的漕粮就达四五百万石之多，整个北京城都是从大运河漂过来的。

通州作为漕运码头的重地有着辉煌的历史，有着深厚的文化，有着叱咤风云的人物和传奇般的故事，为文学创作提供了独一无二的素材。我决定写漕运始于十几年之前，从那时候起，我便通过时光隧道，回到了数百年前的漕运码头上。在那里我结识了许多被历史遗忘的人物：从王室到中枢，从官场到民间，从忠良烈士到乱世臣子，从江湖人物到风尘儿女，我一一去拜访，去结识，去研究，去理解。当这些人物在我的心中活跃起来的时候，我开始为他们的悲剧命运唏嘘叹息了。我之所以将时代背景选在道光年间，就是因为这正是大清王朝由盛向衰的转折时期。在时世巨变之中，每一个人物的性格和命运都会发展到极致。越是在黑暗专制的高压之下，人性的光芒越显得光辉灿烂。

在构思和写作《漕运码头》的过程中，我在三个方面是下了点儿功夫的。一是要有一个好故事，能引人入胜；二是力避肤浅，增加作品的文化含量；三是要形成一种属于自己的语言风格。

在《漕运码头》研讨会上，雷达、阎纲、何西来等评论家都说我是讲故事的能手，把小说写得能让人不忍释卷。我觉得，既然是小说，还应该有一个好看的故事。这是中国小说的传统，也是中国读者的阅读习惯。能把故事讲得精彩，主要得益于这些年来戏剧对我的影响和熏陶。我从 1981 年供职于北京人民艺术剧院，在这座艺术殿堂里，每天接触的是艺术大师，耳濡目染的是戏剧矛盾和戏剧冲突。矛盾与冲突成了艺术的最高准则，而人物的性格与命运总是在矛盾与冲突中完成的。有些小说，包括为数不少的电视剧，之所以让人看不下去，就是因为没有一个好看的故事，没有起伏跌宕的情节和冲突，没有在矛盾与冲突中真实而独特的人物性格体现。许多人拿到小说以后，都是通宵看完的。本来想翻翻，一翻便放不下了。我们单位一位医生，拿起小说便看，忘了下班，索性在医务室里看了一夜。通州区委书记崔君乐说，他原本是在汽车上利用工作空隙看的，可是看着看着，便不下车了。听到这些，作为小说家当然是非常得意的，这不仅仅是作品的成功，也是我进行艺术探索的成功。

一个作家，即便不能成为思想家，也应该是一个思想者；即便不能成为哲学家，也应该是一个哲人；即便不能成为社会学家，也应该是一个社会学工作者。说到底，作家是要靠作品与读者进行交流的，交流的是什么？是思想，是感情倾向。而这种思想和感情又是以鲜活的人物、精彩的故事以及独具魅力的语言为载体的。我在动手写《漕运码头》之前，就为自己定了一个目标，尽可能把作品写得厚重些，有分量些。这是由于我写的题材而决定的。大运河文化底蕴是深厚的，如何把这种深厚的文化底蕴反映在我的作品中，是颇费一番心思的。在创作准备阶段，我认真研究了与大运河文化有关的皇家文化、官场文化、帮会文化、民俗文化、饮食文化等等。我深深地被这些丰富多彩的文化所征服了。是这些文化孕育出了我作品中的人物，又是我作品中的人物担负起了承载这些文化的任务。我在设计人物与情节的时候，尽可能地寻找出人物性格形成与发展的文化根源，寻找出人物命运走向的文化背景，寻找出情节与事件进行的文化趋向。增加作品的信息量和文化含量，是我追求的主要目标之一。许多人说，看了《漕运码头》，增长了许多文化知识。我心中窃喜，我的目的达到了。

有人说，语言最能反映一个作家的风格了，甚至说语言就是风格。我不是为了追求一种风格而寻求一种语言的，而一种语言的形成确实能表现出作家和作品的风格。在此之前，我也研究过一些历史小说的语言风格，比如有的作品口语化很强，故事讲得生动流畅，可是总觉得流于肤浅，语言的载重量不够；有的作品则使用的是书面语言或曰书生语言，评人叙事比较准确，却又失之于乏味，缺少风采；还有的作品半文不白，有历史感，却显得不亲切。如何将书面语言、历史语言、地域语言熔为一炉，锻造出一种生动流畅、鲜活准确、风韵绵长而又涵盖力强的语言，便成为了我苦苦追寻的目标。虽不能至，却心向往之。

2003 年 9 月 7 日于桑梓轩

永定门的叹息

人生如旅。不管你愿意不愿意，也不管你有没有目标，人生下来便开始了漫长的旅行。有的人走得快了点儿，顺当点儿，或许就成了才；有的人爬得高一点儿，找到了捷径，或许就当了官；有的人勤奋些，加上运气好，或许就发了财；当然，也有的人误入了歧途，撞上了鬼门关，或许就进了深牢大狱。但是，大多数人都是随着大流走的，挣钱养家，娶妻生子，有苦有累亦有泪，自然也乐在其中。无论何色人等，总是在往前走，越走离起点越远，离终点越近。计算人生路上的里程，很重要的一个标志，就是看你在朝前看还是朝后看。年轻人精力充沛，野心勃勃，恨不得十步并作一步往前奔，眼睛紧盯着前面的奇山秀水、海市蜃楼。旅途过半的行者，已经看见了落日的余晖，舍不得再加速快跑，心力体力也渐不如前，便停下来小憩，回望着留在旅途上的脚印，品味着一路尽收眼底的风光，怀念着一路同行又分道扬镳的伴侣，顿生苦辣酸甜，感慨万千。这个时候，如果你自己不觉得，我可以提醒你说，你老了。

晚境忆华年，除了感叹青春不再，还有好汉偏说当年勇的意味。说是谁都可以说的，但是得有人喜欢听才好。祥林嫂逢人便诉说她以为春天没有狼，至多只能唤起人们廉价的同情；关云长若是只吹嘘他过五关斩六将，至多能博得几句随声附和的赞叹；还有书店里那些虚荣浅薄的所谓传记，鬼知道有没有人看。刘进元在这里写的多是童年往事，一群讨人厌的孩子狗撕皮似的疯玩疯闹。这些事有意思吗？光说这些事纯粹就是瞎扯淡。然而这些事却是发生在一个特殊的地方，皇家宫殿边缘的一位历史老人的身边。这位历史老人眼看着一代又一代的孩子如此显示着生命的活力，又渐渐地老去，最后连他自己也衰老了，甚至被钉进了棺材、埋进了坟墓。在这里人们通过孩子的身影看到的是一堆衰败的历史碎片。如此，这些看似平常且平庸的生活便升华成了人类对历史的追寻，对祖先的悲悼，这不但有意思了，而且有意义了。

每一个人都生活在一片土壤当中，这片土壤的肥沃与贫瘠，取决于它所承载的文化含量。无论哪个民族的文化，只要悠久、独特、厚重，都是属于全人类的共同财富。永定门是京都最外面的一座城门，是皇城与京畿的分界线。而它所独具的文化也是皇城文化与京畿文化的融合。这里所说的京畿，又不同于京东、京西和京北。出永定门不远，便是金元明清几代皇家的猎苑，俗称南苑。南苑方圆四十里，周围亦城墙高筑。里面放养着天鹅地鹌四不像等珍禽异兽，还有供皇帝狩猎住宿休憩的行宫。其中的四不像，学名麋鹿，是唯皇家猎苑所独有的珍奇动物。英法联军攻占北京，被英国佬洗劫一空，成了大英帝国动物园的稀罕之物。在侪辈童年的心目中，四不像这种神奇之物只能从祖辈父辈的传说中去充分发挥自己的想象。对帝国主义的仇恨也首先是在丧失四不像的痛憾中生根发芽的。我想，这种屈辱，宋代的臣民听说自己的皇帝被金人掳走，也不过如此吧。好在一百多年后，英国人将二十几只麋鹿送还了中国，这些海外游子又在它们祖先生活过的土地上寻根怀古，悲凉之余倒也透出几分欣慰。

皇家猎苑的东大门，有一个非常著名的古镇马驹桥，我就是在这个古镇附近的一个小村庄长大的。这个贫穷的小村有一个尊贵的名字——驸马庄，这又跟皇家沾亲带故了。男人在一起从来不谈家长里短，我跟刘进元更是“免俗”。我们也谈政治政局，也谈文学文字，偶或也有准风月谈，但谈得最多的还是保留在我们记忆中的南城和城南文化。“白头吊古风霜里，老木苍波无限悲。”我们心里所珍藏的，都被现代的高楼大厦无情地埋在地下了。我常常在想一个问题，穷人没有历史，也不需要历史。他们只需要生存，只需要填饱肚子。富贵之家的家谱可以追溯到几百年上千年，穷人家连自己上三辈的祖先都说不清楚。他们知道秦砖汉瓦搭个鸡窝可以养鸡生蛋换盐吃，却不知道一个宣德炉可以换一座大楼。现在的开发商，挣钱就像饿疯了的穷人抢窝头一样疯狂，简直是不择手段、不认祖宗、不顾儿孙。刘进元曾经组织过一次非常滑稽的研讨会，叫作“开发商与社会良心”，许多与会者便问，开发商有社会良心吗？你们不能让我们讨论不存在的东西呀！在那个会上我曾经忍无可忍地提出，曹雪芹的故居，那十七间半房屋，专家学者媒体社会各界，呼天喊地要求保护，最后不还是被开发夷为平地吗？我进而提出，是谁给开发商这么大的胆子？英国佬一百多年前就知道什么是最珍贵的，他们在掠走中国麋鹿的时候就说过，宁可失去整个印度，也不愿意失去莎士比亚。比莎士比亚小一百六十岁的曹雪芹，就没那么幸运了。在他谢世二百五十年后，居然连他的几间破房都保不住。

我们为什么要讲这些，刘进元为什么在春节长假中放弃休息写出这些文字，难道仅仅是因为老了吗？老是老了，老了才更懂得什么是最值得珍惜的。在这些看似随意和漫不经心的忆述中，我常常看出他压抑不住的悲愤之情。一个有着五千年悠久历史的民族，却出了那么多的叛逆和不肖子孙；一个包含着三千年文化底蕴的古都，文化却遭到如此疯狂的破坏。这还不能令人痛心疾首吗？痛心疾首有什么用？大声疾呼又有什么用？书生的鲜血与泪水在金钱面前比不上一瓶可口可乐。当刘进元写完这些文字让我为他写个序的时候，我提出要让他的女儿写个序。我这样说一是觉得她女儿有这个能力，更主要的是我希望我们的后辈能读一读这些心底之声。我总相信我们的后辈会比我们强，比我们有文化，比我们懂历史，比我们尊重祖宗。

还有许多话，不想说了。“而今识尽愁滋味，欲说还休”，我说过，我们老了，不说也罢，无所谓了。

2005 年 3 月 7 日于洋桥

汽车城的白领华人

在去美国之前，我总认为华人特别是新一代的“洋插队知青”仍然生活在水深火热之中。在一个高度发达、富得流油的社会里，他们处在最底层，是一群没有地位、遭人白眼、忍辱负重、贫穷孤独的打工族。这印象主要来自于我们媒体的片面宣传和几部大同小异的电视剧。

来到举世闻名的美国汽车城底特律，我蓦然发现，这里的华人是扬眉吐气、充满自信、又有着高度民族自尊心和拳拳报国心的一群。他们大多学业有成，在三大汽车公司里担任着举足轻重的职务，他们仅仅经过几年的努力，就实现了美国几代人的梦想，一步跨入了中产阶级的行列。

一

在美国流行着一句话，说美国人的财富装在犹太人的口袋里，美国人的智慧装在华人的脑袋里。在通用、福特及克莱斯勒公司，有几千名华人在那里供职。他们大多是在美国留学并取得了博士学位以后应聘而来的，在技术开发等部门担任着主要的职务，有的还在管理领域起着重要的作用，如台湾人杨雪兰，已经进入了公司的最高决策阶层，担任起了通用公司的副总裁的要职。

我曾应邀参观过通用公司汪大总的办公室。汪大总是河南人，出身于知识分子家庭，“文化大革命”恢复高考后，他大学毕业被派到美国康尼尔留学，博士毕业后来到通用汽车公司，现在担任着通用小汽车集团技术分析与技术模拟部总监，手下管辖着六十多位高级技术人员，其中有十多位是中国人。他们在一个硕大的办公区里工作，每个人都有一个独立的办公室。汪大总领着我见了几个中国同胞，其中还有两个北京老乡。汪大总自豪地说，我和吕孝培是9级工程师，属于专家级，在通用公司七十五万员工中，具有9级资格的不超过一百人，可见华人在这里所起的作用了。

领着我来见汪大总的是我的朋友胡红星，他在1989年获美国奥克兰大学系统工程博士学位后受聘于通用汽车公司。他所研究的项目是属于尖端科学和未来技术，譬如汽车的刹车系统，我们所知道的都是被动刹车，就是汽车遇到情况时才去用脚踩刹车。而他研究的则是主动刹车系统，并在这一领域取得了重大技术突破，获得了多项技术专利。他所参与的“97高级Cadillac轿车新型底盘集成控制系统”的研制成功，使通用公司在这一重要领域居世界领先地位。他本人也因此获得了两项值得自豪的荣誉：属于公司最高荣誉的“总裁委员会奖”和属于公司具有重大价值杰出发明的“Boss Kettering Award”。

美国只有三大汽车公司，而他们生产的汽车遍布全世界各个角落。仅通用汽车公司，每年就生产汽车达八百五十万辆，产值一千七百亿美元，属全球第一大企业。而我们国家有大小汽车公司一百多家，遍布城乡的却依然是进口汽车，中国成了万国汽车博览会。不是说市场的竞争是人才的竞争吗？我们不是没有人才，我们的人才在世界汽车领域掌握着最尖端的技术。我天真地问汪大总，如果在美国的华人技术人员能够回去，中国的汽车工业能否上去呢？汪大总遗憾地摇着头说，如果中国的技术人员离开美国的汽车公司，美国的汽车公司会闹一次大地震；可是我们这些人回到中国，就准得失业。我问为什么，他说，你不能不承认我们比人家落后十几年乃至几十年，我们是在汽车工业的前沿进行研究，中国还没有到这一步。

我还参加过一次朋友圈内的所谓的家庭 Party，参加人有在三大汽车公司供职的工程师，有美国商界的成功者，还有两位韦恩大学的教授。我原以为，大家无非是聚在一起，喝酒、唱歌、跳舞或是其他什么娱乐活动。没想到吃完饭以后，孩子们在楼上楼下玩耍嬉闹，太太们在休闲室里打麻将，而男人们则聚在大客厅里郑重其事地开起了“研讨会”。

没有谁是“会议”的组织者，一切都是极其随意、极其自然的，然而他们所讨论的议题又都是非常严肃的。先是由技术问题引起的，话题越引越深，便讨论起了如何适应环境、如何成功、如何处世做人等大主题。有探讨，有争论，每个人都非常投入，非常认真，甚至争论得面红耳赤。我插不上话，坐在一边静静地听着，被他们这种敬业精神和执着的人生态度深深地感动了。多年以来，我参加过无数次大大小小的会议，都是有领导、有组织、有议程的，绝大多数是应付差事和做官样文章。没想到在地球另一面的华人圈里，我却真切地感受到了，世界上确实有一种“会议”是有用的、有益的，而且是必需的，难怪他们能把美国的智慧装进自己的脑袋里。

二

在我的印象中，底特律是一个非常陈旧和冷漠的城市，20世纪70年代发生的黑人骚乱事件，至今还留着许多惨遭破坏的断壁残垣。我所接触的这些白领华人，没有一个住在底特律城里，都分别居住在底特律周围的卫星城镇。

没有火车，城外没有公共汽车，甚至连出租车都十分少见，这是汽车城固有的特色。纵横交错的高速公路编织出来的是一片片的绿荫，绿荫掩映着一幢幢的小楼，很少有高层建筑，就是居民最集中的地区也仍然是由花园式的别墅小楼组成的。小楼外有草坪，有运动场，小楼里有车库，有地下室，有的还有室内游泳池。这无疑是美国富人居住的地方，然而就在这富人区，经常见到的却是黑眼睛、黄皮肤的中国人。

进入这些小楼，先要把鞋脱在门口，赤着脚踩在厚厚的、柔软的地毯上。主人把客人引进门的第一项任务，不是让座泡茶，而是先带着你参观他的房子。从客厅开始，到厨房，到书房，到洗衣房，到卫生间，到卧室，开始的时候，在人家卧室门口总有几分迟疑，觉得不礼貌。主人却大方地把你让进去，让你看他们的床、壁画、照片，不厌其烦地向你指点介绍。我原来以为这是混体面了的华人在有意地炫耀，后来到佛罗里达一个白人朋友家去做客，他也是如此这般地带你参观他的住房。我明白了，这是美国人的习惯。美国是个注重个人隐私的民族，却赤裸裸地将包裹隐私的住房展示给别人，我们中国人也入乡随俗，将展示房屋作为待客的第一项内容。

原北京人艺的演员王淑华临时租住着两间公寓房，原因是她的新房还没有盖好。她接待我的时候觉得特别没面子，便特意带我到她那未竣工的新房去参观。这套带地下室的小楼价值三十六万美元，全是木结构，也有砖，砖只是房屋外面的装饰。楼上两层使用面积达三百零八平方米，地下室一百零七平方米，车库六十平方米。房子已经见了雏形，可以说是富丽堂皇。王淑华告诉我，她的房子不错，但不是最好的。在底特律，一般的华人都有这么一套房子，更好一点儿的有百万美元以上的，使用面积达一千多平方米，还有花园、游泳池。

除了房子，还有车。居住在底特律，没有汽车是不可思议的。凡是成年人，几乎每人都有一部车，有的人还不止一部。

这样的消费水平，靠的都是工资。在三大汽车公司，以及周边与汽车有关联的公司，一个职员的年薪大抵在七万到十五万美元。然而职员从公司所得到的实际利益远远不止这些，所有的职员都有人身安全保险和医疗保险，医疗保险包括老婆和不满十八岁的孩子，可以到美国任意一所大医院里看病；除了法定假日，每个职员还有十六天的公假；职员在本公司买汽车，可以优惠百分之十至百分之三十；无论男女职员，退休时的工资按最后五年的平均值领取，即使离开这个公司也照样能领取退休金；此外，年底还可以领到一个红包（年终奖），有股权的职员还能拿到股份分红。以通用汽车为例，该公司最大的股东只有百分之二点四的股份，员工股占百分之十，大多数是社会股和投资公司的股，据说在十六个董事会成员中，只有三个人是属于通用公司的。

按照我们的标准，这家公司该属于公有制企业；按照我们的观念和理想，这些公司职员享受到的应该是社会主义制度的优越性。由此可见，邓小平提出的“不要问姓社还是姓资”的理论，是何等的伟大和深刻啊！

三

对生活充满热情，热衷于公益事业，有强烈的演讲欲，这是底特律的白领华人给我留下的特殊印象。

到机场接我的除了我的朋友，还有底特律中国人协会副主席叶子青。一下飞机，叶子青便迫不及待地跟我讲起了中国人协会的情况。该协会成立于1992年，有会员一千二百余人，是美国中西部地区最大的、最活跃的、最有影响的华人组织。协会设主席、副主席、秘书长，下设若干专项委员会及功能中心，所有的领导人物都经民主选举产生，任期两年，汪大总、胡红星曾分别担任过协会的第一任、第二任主席。我到的时候，正赶上圣诞节和新年之间，公司放了假，王淑华、李丹等文艺骨干分子正筹备新年和春节的文艺晚会。别的专项委员会和中心的活动也都搞得有声有色。

底特律的华人虽然远离祖国，但他们情感的脐带却紧紧地跟祖国的母体连在一起。每年年底，美国国会总在是否给中国最惠国待遇问题上争吵不休，底特律的中国人协会动员各种力量，花钱在报纸上登广告，与国会议员对话，做方方面面的工作，要求继续给中国以最惠国待遇。

在亚特兰大奥运会期间，底特律的中国人和全美国的华人一起，对中国代表全给予了极大的支持和援助。他们专门组成了后援会，为中国代表团服务，开车、引路、当翻译；中国运动员吃不惯西餐，他们就做好了中餐送过去；他们买来绒布，一针一线地绣锦旗，送给中国代表团；他们组成啦啦队，为中国队助威，把嗓子都喊哑了；在运动员入场式上，美国播音员诬蔑说这是一支来自贫穷落后、吃禁药、没有人权的国家的运动员，在华人世界激起了轩然大波，他们在报刊上发表声明，联名向美国国会抗议，终于迫使那个播音员承认了错误，赔礼道歉……他们的所作所为，使中国代表团非常感动，在回赠他们的锦旗上，称他们是“中华民族的骄傲，海外华人的光荣”。

四

离开故乡的时日愈久，愈对养育过他的那片土地梦牵魂萦；愈是远在海外，愈是能掂出“祖国”两个字的分量。祖国的贫富强弱，直接影响着海外华人的地位和尊严。

在底特律的华人中间，我时时被海外赤子的拳拳报国之心所震撼、所感动。对于祖国的贫穷落后和种种弊端劣根，在大陆听到的多是抱怨、牢骚乃至悲观的预测，而在底特律，听到的则多是分析比较、献计献策，对未来的估价也是非常乐观的。绝大多数人都抱定这样一种信念，事业是可以救国，科技是可以兴国的。许多人都想方设法地把他们从事的研究和振兴中华联系在一起。

李继在底特律是没有经过读书而进入白领阶层的少数华人之一，他开始到美国的时候，是一个针灸和按摩医生，在行医中他结识了搞汽车非标准化检测设备的老板。李继想道：中国的汽车之所以不能占领市场，主要的原因就是质量不过关，而质量问题是生产过程中的检测手段落后。于是，李继便竭力宣传中国的市场、中国改革开放的政策，终于促使老板下决心到中国来投资，并任命李继为全权代表。就这样，李继回到了祖国，在无锡建起了一家中外合资企业，生产非标准化检测设备，这是美国汽车城最早的一家在中国大陆投资的企业。当然，在创办和发展这个企业的过程中，李继也遇到了许多困难、许多挫折，甚至几度要废在半途。李继说，这些年我一直在中美双方之间走钢丝，随时都有跌下去摔得粉身碎骨的危险，我之所以硬着头皮坚持着，就是想为发展中国的汽车工业做一点实事，以报效我的祖国。

我们上面提到的汪大总，曾经于1994年回国，代表美方投资一亿美元，在上海建起了蓄电瓶厂，在湖北建起了发电机厂，在北京亦庄建起了汽车电控系统制造厂。由于他干得很有成就，三年后被调回通用汽车公司提拔为技术总监。胡红星本来在通用公司有很好的职务，有很稳定的收入，有自己的住房，可是他仍然很不满足，当他听说意大利玛涅蒂玛瑞利公司招聘中国业务开发总监的时候，毅然抛弃了在美国经过千辛万苦得来的一切，离开了爱妻娇儿，应聘回到了祖国。他唯一的想法就是，祖国培养了我，现在到了我为祖国效力的时候了。

在底特律，王淑华堪称是一个活跃分子，她不满足于在家做太太的闲逸生活，一直谋求在中美文化交流方面做一点儿事情。她曾经在芝加哥电视台为宣传中国做了大量的工作，也曾经担任过和中国电视剧制作中心合拍的二十集电视连续剧《新大陆》的制片主任，现在又在底特律筹建一家电视台，主要是制作和播放宣传介绍中国的节目。

在白领华人中间，我深深地体会到，爱国主义不是一个空洞的口号，不在于你回国还是留在海外，关键看你能不能为祖国干一点儿有益的事情，是否有一颗中国心。

1998 年 11 月 10 日于桑梓轩

驾驭自己

一

古语：三十不学艺，四十不改行。年近“五张”了，居然异想天开学起了开车，岂非咄咄怪事？

据说，会开汽车是现代人生存的三个基本技能之一。可是我想学车不是为了生存，将来也不想以车谋生。在我们这一代人的童年中，汽车还有如 UFO 一样的神秘，曾经眼馋过挥舞长鞭的大车把式，更把驾驭“钢铁怪物”风驰电掣的司机视为天神。也许正是这种“英雄崇拜”时期埋下的情结，使我一直对司机怀有一种深深的敬意。我有许多司机朋友，不是因为他们是我的朋友后来学会了开车，而是因为他们会开车成了我的朋友。多年以来，我始终保留着敬重司机的良好习惯，无论坐什么车，坐谁的车，只要是我一个人，都坐在副驾驶的位置上，以示与司机的平等和对司机的尊重。

我总觉得我这辈子享受不到驾驶汽车的体验了。由于我跟京东驾校的友谊，也由于通州摄影家协会主席王启会的怂恿，还有城关镇党委副书记赵玉影的撩拨，于是我们三个便一起报了名。

报名的时候，我激动得犹如小学生入学。

二

我们参加的是普通班，这使我在学车的过程中有了更多、更深刻的体验。

我和王启会参加了开学典礼，常务副校长兼总教练是一个杰出的组织者和演说家，每一次的开学典礼他都把新学员煽动得心潮澎湃。他讲得最精彩的是介绍京东集团的创始人苏光兴的传奇经历，万没想到，讲演中他竟把我拎起来介绍给了大家。其理由是我是长篇报告文学《生命之光》的作者，那本书主要是写苏光兴的。

师徒之间还没有见面，但每个车组已经坐成了一排，我是从我们教练的身边站起来的，这让他吃了一惊，也多少让他有点儿不快。因此在开学典礼结束后，他连个招呼都不打便顾自朝停车场走去，走得飞快。几个新学员生怕师傅把我们甩了，小跑般地紧跟着。到了车前，师傅亦不理睬我们，独自一个人钻进车底，打千斤顶，把车支起来。我们傻子似的看着，既献不了殷勤，又怕失礼，紧张得不知所措。王启会沉不住气了，附在我的耳边说，这个师傅谱儿还挺大。

师傅终于从汽车底下钻出来，从车箱里拿出了一个笔记本，说出了第一句话，你们都把自己的联系电话写下来。

写完了通信录，师傅刚要讲第二句话，我便举起了手，对不起师傅，我们俩得请假。

我们两人那天正好有一个重要的活动要参加，已经迟到了。我是胆胆突突地说出请假这句话的，师傅却笑了，笑得很无奈。

三

我们三个一连三天不露面，师傅急了，打电话找我们。一个星期天的早晨，我们来到了教练场。

我们刚练了两下打方向盘，刚刚分清哪是油门哪是刹车，师傅便让我们上了车。

我永远不会忘记汽车刚开走的那一刹那所获得的“顶峰体验”。我们学的是北京 1041 大货车，按照师傅的指教：挂挡开灯松手刹，慢抬离合把油加。轰的一声，这个庞然大物居然活了，困兽般地向前蹿了出去，疯疯癫癫地奔跑着。简直不敢相信这是真的，新奇、刺激，加上透不过气来的紧张，脑子里一片空白，思维停止了，有的只是腾云驾雾般的感觉和一连串本能的动作。如醉如痴，如迷如幻，如坠入一个不真实的四维空间。不知道是自己驾驭着汽车在疯癫，还是疯癫的汽车在奔跑。欲控不能，欲罢不能，求援似的等待着师傅发号施令。师傅却冷酷地命令你加油、挂挡、转弯上路，就是不让你停车……

这时候，我才真正地明白，驾驭汽车就是驾驭自己。

四

赵玉影和王启会是领导者，平时都是指挥别人和批评别人的；我呢，虽说少受别人领导也从不领导别人，但长期的社会尊重也养成了一身骄气和娇气。骄娇二气是毛病，毛主席早就批评过。领袖的话只能给人警示，却难以针砭病灶，而学车却是个难得的疗疾的机会。

汽车是不管你领导不领导、作家不作家的，你驾驭得好，它就服服帖帖；你驾驭不好，它就跟你捣蛋。师傅坐在你身边，他就是领导，而且是直接的顶头上司。你错了，他就要批评你，批评得理直气壮，批评得一针见血，甚至有时候要发火，要训斥你，要不厌其烦不分场合地教导你。他可不管你脸红不脸红，自尊心受得了受不了，这里讲不得情面，讲情面就害了你，他就不是个好师傅。

上车的第三天，我几乎一直在受着批评，开始灰心了，一个劲儿地埋怨王启会：这么大岁数了还学什么车，都怪你瞎撺掇。

批评的目的是帮助你改正错误，这是常识。回到家，尽管腰酸腿疼，也不敢怠慢，按照王总教练传授的方法，联系“意识驾驶”。第二天上车，“踩摘轰踩挂”的动作有点儿熟练了，师傅便表扬，于是得意，于是振作精神，于是再不埋怨王启会了。

改掉的是学车的毛病，而真正受到触动的却是你身上的骄娇二气。

于是我想，作为一个领导者，特别是身上染上了骄娇二气的领导者或准领导者，学学开车，不失是个修炼和改造自我的好办法。劝君一试，方知余言不谬也。

五

我们的师傅叫王维生，四十多岁，一米八的个头儿，且未发福，标准的男子汉体形。他的驾龄有二十余年了，而且到伊拉克开过车，可见轮子玩得有多么老到精湛。表面看去，他是个很严厉、很有脾气的男人，相处之后才发现他其实是挺随和的。上车的第一天，他就跟我们三人说，咱车上是师徒，车下是朋友。

作为车上的师傅，他严以律己，一丝不苟。京东教练场是亚洲之最，占地八千多亩，里面常跑着的也有二十几个驾校的三五百辆车，颇为壮观。车管所和驾校为了加强管理，常派出专职人员检查监督，也常有违反各项纪律的教练。譬如教练在车上睡觉，把脚放在车窗上，停车打扑克，更有甚者是遇到情况处理不好，造成事故。而王师傅不但把驾校对学员的纪律挂在嘴边上，也把对教练的纪律常说给我们听，让我们相互监督。近两个月的时间，我们这个车组没发生任何违反纪律的事情，更没发生任何事故，连小事故都没有。

律己严，教学也严。为了一个动作，常常不厌其烦。譬如

“坡起”的技巧，教学规定可教可不教，他不仅教，而且同样要求非常严格。为了教我和王启会“坡起”，一练就是两个多钟头，车不断地灭火，损害着发动机，把他心疼得直咬牙。他技术好，也很会教学。每天诲人不倦地说，说得嗓子都哑了，于是就大量喝水，吃喉片，这时候我们就为自己的笨手笨脚感到很内疚。

赵玉影的工作忙，他又避免在工作时间练车，只能每天早晚和星期日加班。对这种额外的工作量，他从无怨言。包括五一节规定的假日，他都没有休息。在我的印象中，近两个月的时间，他只因事休息了半天，跟驾校领导请完假后，又跟我们商量。

有一次，《通州报》主编赵玉祥带着女作家张抗抗到教练场来找我。我告诉王师傅，张抗抗是我的同学，她原来是北大荒的。王师傅说，他也是知青。我立刻把他们拉在一起，谈起插队生活，竟然都泪水盈盈。我这才明白，王师傅这种律己律人和敬业的精神，不是偶然的。这种精神的根须是扎在我们这一代人深厚的土壤中的，这让我感到很欣慰。

六

学车有学车的规矩，一般地说，京东驾校每车组的学员不超过八人。依照年龄为序，从老大排行到老八，都以师兄弟姐妹相称。可是这个规矩在我们的车组却未能立起来，大多都直呼其名，后来又有了绰号，互相之间称呼很别致，成了45号车的一大特色。

按大排行，老四该是王金香，四十一岁，某化工厂的女工。两个最小的小胡和小潘，年龄加起来正好跟她相等。这三个人只要一下车，就硝烟弥漫。两个小兄弟合起伙儿来欺负大姐姐，大姐姐也针锋相对，三个人的“战争”成了教练场上一道轻松而诱人的风景。后来又加入了计时班转来的戴国铃和王淑婷，戴是某国营大厂的办公室主任，性情严肃，没人敢跟她太随便。而王小姐可惨了，来的第一天日子就不好过，两个小兄弟又树起了新的对立面。这一来更热闹了，这道让别的车组欣羡不已的风景线更加多姿多彩。

我们也常跟师傅开玩笑，是赵玉影开的头。练钻杆的时候，赵看见别的车的学员经常在太阳底下摇车，累得满头大汗，于是问师傅。师傅说，这是对灭火的惩罚。赵故作一本正经地说，他们教练怎么那样呀？我笑了，说赵书记给师傅拍马屁拍出了新水平。从那以后，大伙儿便跟师傅随便起来，有时候的玩笑也开得很深，看得出来，他也很开心，随着大家技术上的长进，他随便的时候越来越比严肃的时候多。

别的车组常有吵架、仨一群俩一伙、闹纠纷闹意见的时候。有一次，另外一辆车教练不在，两个学员争起了练车次数，吵了起来。我们教练前去制止，并且跟他们说，这种事在我们车上从未发生过，连小摩擦都没有过。也确实如此，平时练车，谁多练点儿少练点儿，谁都没有意见。有的人忙，需要集中练，别的学员半天连车都摸不着，也毫无怨言。

一比就看出来了，学车不仅是学技术，也是性格、道德、修养及综合素质的一次检验和修炼。

七

有的人听说我们三个人在一起学车，便说，你们还学得那么认真干什么，要个车本还不容易？

说实在话，我们还真的不是为了混车本，即使拿下车本后不再开车，也要扎扎实实地把技术学到手。

三个人中，我年纪最大，也最笨。我虽然崇拜过司机，却从来没有摸过车，连其他机械也没碰过。我采取的办法是笨鸟勤练翅。整个四五两个月，我把主要的精力都放在了学车上。整天在太阳底下练车，晒得油黑，连校长田文山都心疼了，说我这样用功他没想到。练钻杆两只胳膊都肿了，连水杯都端不住，也咬牙坚持着。妻子说，这么多年，都没见你这么认真地干一件事了。

也怪了，练车的时候，每个人的毛病都不一样，而每个人又都在某一方面开发出了意想不到的潜能。我们练钻杆，一丝不苟地找“点”还撞杆，而王启会从来不找“点”，完全凭感觉，每次都很成功。赵玉影在路上车感极好，可是总犯原则性的错误。师傅让他左转，他开了左转向灯，可到了路口便向右打方向。气得师傅脸上冒黑烟，他下决心想着改，下一个路口准犯同样的错误。

练车如闯关，改掉一个毛病就如同攻克了一个关隘，被胜利的激情鼓噪得想喝两杯。凭良心说，我们三个练得都很苦、很较真儿。明知道师傅已经为我们加了两三个小时的班，该回家了。可还想画一个圆满的句号，动作做不好，就不下车，已经成了我们的一个共同的准则。

当我们驾驭着汽车在教练场上自由奔驰的时候，那种快感是任何游戏都难以比拟的。开车确实是个很刺激的游戏，但他又是有规则的游戏；开车也是个冒险的运动，车轮上系着的是你自己和他人的性命。这一切都要求我们，一定要对自己的技术负责。而不负责的前面便是惩罚与灾难。

八

一个车组就是一个不大不小的家庭，也是一个麻雀虽小五脏俱全的社会。家长是教练，教练管理得好，这个家庭就是幸福的、快乐的。我们这八个人，职业不同，文化不同，年龄相差悬殊又性格各异，教练因材施教固然困难重重，但是在重重困难中会出现许多问题，问题化解开了，便成了轻松愉快的笑话。

王金香也是从来没有接触过汽车，因之总是把农村大车把式的行话带进来。譬如倒车，她说往后秒。更要命的是，有一次行车途中，她把方向盘说成了车把，师傅哭笑不得，重复了一句说，对，那叫车把。她知道错了，就笑，笑得伏在了方向盘上，连飞驰的汽车都不顾了。师傅一声断喝：抬头看前面！急忙替她踩了刹车。

年龄最小的小潘是个挺机灵的小伙子，会背《长恨歌》，却背不下测验考试时的“两报一重复”。他开得好的时候真好，可有时候也真犯迷糊。有一次蔺队长来测验，两个车一起测。他第一个开，跑在前面，另一个车紧跟在后面。蔺队长让他进了一个“8”字路的科目，他在“8”路上跑起来没完没了，出不去了。后面的车也跟着他转起了磨，害得两车人大笑不止。这样，他开车毕业了，也带走了一个“小迷糊”的绰号。

王淑婷是一家饭店的服务员，一个文弱清秀的小女子，可是她开起车来却总是超速，完全不像是她开的。于是小胡便说，也许她哥哥是个警察，她不怕扣车本。还有，我们一车，加上师傅有五个姓王的，赵玉影耐不住孤独，便给王淑婷改为姓赵，名曰“赵家楼”。因为她所供职的饭店在赵家楼，就是引发五四运动的那个曹汝霖的官邸。这样，“赵家楼”便成了她的雅号。

有一次临考试之前练车，王金香在前面开，我们都坐在车上，她离合器和油门没配合好，汽车剧烈地颠簸起来，差点儿把我们后面的人都“簸”出去，于是我们便送给她一个“西班牙斗牛士”的戏称。

学车，又过了一次集体生活，其乐融融，难得。

九

考试临近了，大家都很紧张，很担心，为自己担心。谁也没有想到，小胡却考折了。

小胡大号胡月海，首钢的工人，聪明勤快，通情理，又长得魁梧健壮，天生一副开车的好坯子，我曾说过，他是我们八个人中间最有希望当专职司机的人。在我们车组，他是高才生，是全车组的骄傲。

那天他是第五个考试的人，前四位都小心谨慎，虽说通过了，但总觉得不过瘾，没开出应有的水平。到小胡这儿了，我们都鼓励他，露一手给考官看看。也许是他大意了，也许就是运气不好，反正他考砸了，一个情况没处理好，险些把旁边的一辆车挤进沟里。

在考试之前我就通知大家，不管考得怎样，大家一定要聚一聚，近两个月中我们从来都没有聚过，再不聚就没机会了。小胡心里很不高兴，大家也都替他很难过，但他还是参加了我们这唯一的一次聚会。更让我们感到无比荣幸的是，田校长和王总教练也参加了我们的聚会。酒入愁肠，小胡心里郁结的苦闷发泄出来，端着酒对师傅哭了，说对不起师傅。师傅也哭了，说不怪小胡，怪他没教好。这时我才发现，我们的师傅是个很动感情的人。两个人抱头痛哭，自然大家心里很不好受，连田校长和王总教练都流起了眼泪，劝慰着小胡，说下次补考一定让小胡通过，他们打保票了。

驾校的朋友说，田校长和王总教练是第一次参加学员的聚会，也是第一次向学员做出这种“许诺”。

考试考出了成绩，更考出了一片真情。我们在领到驾驶证的同时，也领到了人与人之间的友谊和信任，这比什么都重要、都珍贵。

1997年5月31日于通州宾馆

没有追星族的明星们

演艺场即是名利场。舞台上，拥趸们的欢呼呐喊声把他们举上了神坛；场面上，鲜花彩绸红地毯聚光灯把他们映照得金光闪烁。有多少人为他们失眠失恋甚至自杀，他们的照片挂满了少男少女的房间，他们的私情和绯闻充满了各类媒体的版面。如此风光显赫露鼻子露脸催发了多少美丽的梦想：艺术院校的门前考生如过江之鲫，都梦想着一跃成龙；数以万计的“北漂”吃方便面，睡地下室，接受“潜规则”，钻角觅缝地寻求圆梦的捷径。

在目前的中国，这是除了国家公务员之外最诱人的职业。

但是，不是做这种职业的人都如此风光，尽管他们更勤奋，更敬业甚或更成功。最近，我来到河南济源，就看到一批没有追星族的明星们。

来到济源市豫剧团，很冷清，门窗都关闭着。团长牛兵告诉我，所有的演职人员都在乡下演出。见我有些诧异，他解释说，从农历正月初六开始，便进入了下乡巡回演出季，直到小满节后的五月下旬才能回到城里。在暑季里，他们在城里排练和演出。暑期过后，便进入秋季下乡演出季，直到深冬。他们每年有三百场演出，其中有二百场是为农民送戏下乡的。

这一天上午我们到邵原镇小沟背村参加济源女娲文化旅游节，陪同我前往的是文化局副局长牛健和科长梁玉荣。他们告诉我，剧团正在附近的牛庄演出。中午草草地吃点儿东西便驱车前往。到了牛庄的时候，演出还没有开始，村头的文化广场上却聚满了人。还有人扛着板凳提着马扎从村子的各个角落赶来。如同在别的地方见到的情形一样，留守在村子里的绝大多数都是白发苍苍行动迟缓的老人了，还见到了几个令人酸楚的残疾人。

牛兵先我们一步来了，他把带队演出的党支部书记李国智介绍给我。他既是领导者又是剧团的台柱子，我在北京长安大剧院看过他参演的《王屋山的女人》，也算熟悉了。我问他演职员们住在哪里，他说分住在好几处，我想去看看。

他先带我进了村委会，这里条件好些，住着几位女演员。一进门就看见几张又沉笨又粗陋的木板，牛兵告诉我，这是他们的“行军床”，以前是没有的，下乡都是打地铺，许多人受寒受潮睡出了毛病，团里才下决心添置了这些家当。推门看了看，里面挤着四五张床板，床上厚厚的被子胡乱地扔着，与民工的工棚无异。牛健说，在当今中国，只有两种人出门还背着厚厚的铺盖卷：一是民工；二是我市属剧团的演职员。现代人活得越来越娇贵了，尤其是年轻时尚的女孩儿。睡在如此寒冷脏乱的地方，如厕都要去外边那砖砌的茅房，洗澡问题怎么解决？牛兵说，女性下乡要带三个盆：一个是洗脸的，一个是洗脚的，一个是专洗“卫生区”的。

又来到一个闲置的院落，青壮年离开农村之后，这种闲房很多。先去看厨房，一个简单的灶台上支着锅，放着案板和刀具。旁边的一个笼屉里，扔着十几个小馒头。李书记告诉我，他们每天伙食费三百元，四十多个人，每人不到十元钱。从厨房出来又看了看男生宿舍，有个男演员正坐在床板上吃方便面。还没到开饭时间，大概他先垫补一下肚子，以便登台演出。

从演职人员的住处朝戏台走去，心很沉，鼻子也酸酸的。戏已经开始了，从人群里出来一个推着儿童车的女人，车上的小男孩被画成一个大花脸，周围的人哈哈大笑着。我忙上前拍照。我以为是演员的恶作剧，自己化装的时候顺便在孩子脸上涂抹起来。后来了解到，当地有这一习俗，让演员给孩子“开脸”，图个吉利，孩子长得结实聪明并预示着将来的好运气。

豫剧是河南人自己的艺术，从一张张聚精会神的脸不时地发出会心的微笑，能读出欣赏的愉悦与共鸣。我突然发现，前台口下面，摆着一张供桌，上面供奉着玉清元君、泰山圣君、广生娘娘及马王爷的神位。此间，村委会主任带着我刚刚参观完村里的一座香火很盛的庙宇，这些都是在大殿中供奉的神祇。村里唱大戏，无疑是盛大的节目。乡亲们首先想到了世世代代给他们以恩惠和保护的诸神，把他们请上前排就座，自己则谦卑地坐在后面。

今天上演的是《五世请缨》，台上是叱咤风云的英雄，演绎这些英雄的是任劳任怨孜孜以求的民间艺术家，而被英雄和英雄演绎者所深深感动着的，则是大山一样厚重、泥土一样朴实的劳动者。他们是女娲抟土造人的精美之作，是愚公式智叟的后人。他们继承着前辈的传统，默默无闻地忍受着贫寒和寂寞，却为最底层的农民带来了无穷的欢乐和享受。没有鲜花，没有掌声，只有几声带着大山回音的叫好声。

他们的追星族就是这高高的山峰和厚厚的大地，他们是最接地气的艺术家，因为他们的根就深扎在这片土地上。

2013 年 4 月于济源

我的邻居

现在的邻居还是邻居吗？同层或对门住上十年八年，彼此连姓什么都不知道，甚至在电梯里碰上都不打招呼。在密不透风的水泥森林里，住着一群同居的陌生人。

例外的是，我认识优优奶奶。

优优奶奶是来照看孙子的，优优的父母都在北京工作，据说是IT业，有房有车。我们这个小区算是上点儿档次的，居住的大多是非京籍人，经济条件一般都是比较好的。奇怪的是，我常常见到优优奶奶在捡废品，手里提着一个蛇皮袋，挨个翻拣着小区里的垃圾箱。更奇怪的是，优优奶奶完全不像个捡废品的人。她五十多岁，长得白白净净的，体形很好，不削瘦，也没有发福。而且脸庞眉眼清清爽爽，看得出来，她年轻的时候是个小美人儿，属于那种柔情似水、小鸟依人的江南女子。可是她为什么要去捡废品呢？

开始的时候，她捡来的废品都堆放在楼道里，这让邻居们很不高兴，毕竟影响卫生，还有味道，特别是夏天。过了不久，楼道里的废品不见了，我想，优优奶奶可能“改邪归正”了。

谁家都有垃圾，每天早晨把垃圾袋扔进门口的垃圾箱里就是了。有些应该算是废品，譬如报纸书刊、茶酒的包装盒以及废弃的旧家电，等等。这些东西丢掉可惜，要卖给收废品的换几个钱，谁都不在乎那几个钱，只是为了物尽其用。我家的报刊比较多，有的是赠送的，有的不知道谁给订的，现在的报纸动辄就是几十版，浪费得让人心疼。每隔十天八天，我就要卖一次废报刊。我常常问优优奶奶收废品的何时来，优优奶奶很热情，她说你要是信得过我，就把废报刊放在楼门口，收报纸的来了我给你卖了就是了。

第一次卖了二十多元钱，优优奶奶把钱给我，我说，你卖的就是你的了，反正这些东西我也是要扔掉的。她不要，把钱硬塞给了我。

一来二去，我跟优优奶奶算是熟悉了。我问她，你家生活条件不错啊，为什么还要捡废品呢？她说，你们城里人不会过日子，什么东西都扔，好多东西都是有用的，我看着就心疼。我又问她，你现在怎么不捡了？她凑向我，低声说，我捡，早晚不捡，等他们上班走了我就去捡。我说，是不是你儿子不让你捡？她说，是媳妇，媳妇跟她发脾气了，说我一身的垃圾味儿。我每天捡废品回来都要洗澡换衣服的，哪儿来的垃圾味儿，她就是嫌我给她丢人。她说着，冲我诡秘地笑了笑，告诉我，她现在捡到废品不放在楼道里了，放在外面的自行车棚子里。我特意到自行车棚子里看了看，一个角落里，盖着一块塑料布，下面藏着她捡回的废品。

有一次，我从外面回来，她正在楼道里等着我，手里拿着一个信封，喋喋不休地说我太马虎。我把那个信封接过来，里面有一沓百元大钞。她告诉我，每次在替我卖废品之前，都要帮助我重新整理一下：报纸和书刊不是一个价，纸盒和废纸也不一样，白酒瓶和啤酒瓶更不一样。我心里一热，没想到她对别人的事情也如此精细。她说，这次整理书刊的时候，发现了一本刊物里夹着这个信封，里面有钱，一千块呢，你就这样当破烂扔了？我想，可能是参加什么活动人家给的“劳务费”吧。

优优奶奶对我如此热心帮忙，我总想找个机会谢谢她。参加一个活动，主办方每人发了一套蚕丝被，我想送给优优奶奶。心里惦记这件事，总是在门口留意着，可是过了许久都没见到优优奶奶。我也不好去敲她家的门，毕竟跟她的儿子媳妇不熟悉，我又不愿意泄露优优奶奶对我的帮助。

后来问另外一个比较熟悉的老太太，她说，走了，回老家了。我问为什么，她说吵架了，跟儿媳妇，吵得很凶。我多问了一句，为什么吵架？老太太不平地说，都是优优奶奶不好，家里有吃有喝，儿子还给她零花钱，她还天天捡废品。儿子媳妇怎么说她都不听，把她轰走了。我问，她走了，优优谁给照看呢？老太太说，优优送幼儿园了。

我不知道我心里是什么滋味儿，也不知道我该说什么，在写这篇小文的时候，我也不知道该给优优奶奶一个怎样的评价。

2016 年 7 月 7 日于紫荆园

关 汉 卿

源远流长的中国文学在历史的长河中奔流到了元代，逐渐掀起了与楚辞汉赋唐诗宋词相比肩的又一个高峰，这便是元曲和元杂剧。在这个新兴艺术潮流中摇旗呐喊的中坚人物，则是令我们高山仰止的艺术大师及其代表作，如关汉卿的《窦娥冤》、王实甫的《西厢记》、马致远的《汉宫秋》、白朴的《梧桐雨》、纪君祥的《赵氏孤儿》、石君宝的《秋胡戏妻》、康进之的《李逵负荆》等。这些不朽的剧作七百多年来一直以各种戏剧形式流传着、演绎着，有的剧作如《西厢记》《赵氏孤儿》《看钱奴》等还广泛地在海外流传，成了世界艺术殿堂中的宝贵财富。在元曲和元杂剧创作和演出实践中的佼佼者和领军人物，则非关汉卿莫属。

一

关汉卿，号已斋叟，元大都人。大约生于金代末年（1229—1241），卒于元成宗大德初年（约 1300）。关汉卿与马致远、郑光祖、白朴并称为“元曲四大家”，并被列为首位。贾仲明《录鬼簿》悼词称他为“驱梨园领袖，总编修师首，捻杂剧班头”，可见他在元代剧坛上的地位。

关汉卿编有杂剧六十七部，现存十八部。个别作品是否出自关汉卿手笔，学术界尚有分歧。其中《窦娥冤》《救风尘》《望江亭》《拜月亭》《鲁斋郎》《单刀会》《调风月》等是他的代表作。

有资料记载，关汉卿曾做“太医院尹”，很可能是属元代太医院的一个医生。《拜月亭》中，他关于临床诊病的描述，非常专业，以此可以作为佐证。

除了元杂剧，关汉卿在元曲的创作中也占有重要的地位。

今存关汉卿散曲十四首、小令五十七首。内容主要是描绘当时都市平民与艺人生活，记载旅行的感受与情怀，抒发自身抱负与苦闷的遣兴之作。

二

谈到关汉卿，我们不能不谈到他的扛鼎之作《窦娥冤》。七百余年以来，它不仅仅对中国戏剧产生了深远的影响，而且它的故事及思想内涵已经深入到人民日常生活中的各个层面。“六月飞雪”“我比窦娥还冤”成了一个让人能深刻理解的经典用语。

窦娥三岁丧母，其父窦天章是一个穷秀才，向蔡婆婆借了二十两银子的高利贷，一年以后本利则翻成了四十两。窦天章无力偿还，又要前往大都应试科考，便将七岁的窦娥抵押给蔡婆婆做童养媳。窦娥成年以后便与蔡婆婆的儿子圆房做了夫妻，两个人还算恩爱。不料婚后两年丈夫却害病而亡，窦娥便与蔡婆婆双双守寡。

赛卢医因借了蔡婆婆的高利贷要赖账，遂起了杀机，无意中被张驴儿父子搭救。张驴儿父子是一对流氓无赖，以“恩人”的身份进了蔡家，逼迫蔡婆婆和窦娥与其父子成亲。窦娥死不答应，张驴儿欲设计害死蔡婆婆逼奸窦娥。张驴儿到赛卢医处买来了毒药放至羊肚汤里，窦娥煮好汤端给婆婆，却被张驴儿老爹抢着喝了。张老儿身亡，张驴儿报案说窦娥害死了老爹。贪官姚太守收了张驴儿的银子，对窦娥重刑拷打逼她招供并判了斩刑。

临刑前，窦娥发誓，她是含冤被杀，颈血要喷洒在高悬于旗杆之上的丈二白绫，要六月盛夏天降大雪，要让她的蒙冤之地楚州大旱三年。窦娥死后，果然血溅白绫，天降大雪，大旱三年。

后来窦娥的父亲窦天章中举做官，以“两淮提刑肃政廉访使”的身份来到楚州，查案卷得知女儿蒙冤被杀，遂抓捕了张驴儿、赛卢医、姚太守一干人犯，为女儿平反昭雪。

三

关汉卿所生活的年代正是中国封建专制统治最残暴的时期之一，他身经金朝被蒙古铁骑践踏而亡惨剧，又眼见南宋王朝亡国的悲痛与耻辱，身心均遭到了严重的创伤。蒙古统治者将人分为四等：蒙古人、色目人、汉人、南人。一个蒙古人杀一个汉人，只需赔偿一头驴便可免罪。还有一种说法，“大元制典，人有十等”：一官二吏，三僧四道，五医六工，七匠八娼，九儒十丐。关汉卿虽然不属于被排为末等的“南人”，却依然是“臭老九”之列。他对地狱般的黑暗统治有着彻骨的体验和无法遏制的愤懑，因此他的剧作和散曲，多是控诉残酷现实的批判之作。文以载道，他用自己的作品深刻揭露了统治者横行霸道、贪赃枉法的丑恶行径，展现了一幅统治阶级的“百丑图”。由皇族权豪、贪官污吏、土豪劣绅、奸商恶医、流氓地痞组成的一群吃人的魔鬼野兽，贪婪地吞噬着挣扎在生活最底层的弱小无辜的生命。“我是个权豪势要之家，打死人不偿命”的恶霸葛彪（《蝴蝶梦》）；“嫌官小不为，嫌马瘦不骑，动不动挑人眼、剔人骨、剥人皮”的鲁斋郎（《鲁斋郎》）；“花花太岁为第一，浪子丧门世无对”的杨衙内（《望江亭》）。

关汉卿用蘸着血泪的笔书写统治者罪恶的同时，又高扬浪漫主义的旗帜，塑造了一系列正义、善良、勇敢、智慧的正面形象，将高度的历史正义感和博大的人道主义精神灌输到他所塑造的人物身上。窦娥在刑场上悲愤地呼喊出：“为善的受贫穷更命短，造恶的享富贵又寿延。天地也做得个怕硬欺软，却原来也这般顺水推船。地也，你不分好歹何为地！天也，你错勘贤愚枉做天！”这是一个弱女子最后的呐喊，也是关汉卿心底的悲鸣，是一种不屈从于现实命运的浩然正气，是对整个社会的否定与诅咒。

作品的独特风格取决于作家独特的个性。关汉卿是一位熟悉勾栏技艺的戏曲家，《析津志》说他“生而倜傥，博学能文，滑稽多智，蕴藉风流，为一时之冠”。明代臧晋叔在《元曲选·序》中说他“躬践排场，面敷粉墨”。他和杂剧作家杨显之、梁进之、费君祥，散曲作家王和卿以及著名女演员朱帘秀等均交往密切。他抒发襟抱的作品，写得诙谐老辣，笔力横肆，充满自负、自嘲、自乐的情趣。“我是个蒸不烂、煮不熟、捶不扁、炒不爆、响当当一粒铜豌豆。……我也会围棋、会蹴鞠、会打围、会插科、会歌舞、会吹弹、会咽作、会吟诗、会双陆。你便是落了我牙、歪了我嘴、瘸了我腿、折了我手，天赐予我这几般儿歹症候，尚兀自不肯休。则除是阎王亲自唤，神鬼自来勾，三魂归地府，七魄丧冥幽。天哪，那其间才不向烟花路儿上走！”

关汉卿是中国戏剧史上里程碑式的伟大剧作家。人们常说，关汉卿是“中国的莎士比亚”。而同样伟大的剧作家莎士比亚却比关汉卿晚了三百年，如果我们的祖先争气，没有把国家搞得如此贫弱，很可能英国人会自豪地说：“莎士比亚是英国的关汉卿。”当然，如果我们和我们的后辈儿孙争气，真正能“超英赶美”，过若干年之后，这种说法也不是没有可能的。

2009 年 4 月 30 日于通州

墨迹未干成绝笔

余与世光先生筹创《通州赋》，始于2010年春。每年正月初六，卢松华、张世光等在京工作的通州籍老领导及部分通州同寅挚友均聚会迎春，历十余年而成惯例，余忝列其中。2011年聚餐由乃华承办，世光奉献的是多年珍藏的茅台酒。席间酒酣兴浓，夜归后依然兴奋不已，遂打开电脑，敲键码字，至晨曦临窗，《通州赋》草就。

后经与世光兄反复斟酌推敲，并先后三次邀请通州领导及专家学者征求意见，数易其稿，敷衍成篇。

世光对书写《通州赋》唯谨唯慎，精益求精，苛求完美。于此间一年之余，反复构思，揣摩风格，并研读习练古人名帖，颇有获益，每每谈及，便扬扬而自得。然书写其间，屡写屡废，千字之文，竟精雕细刻达近一年之久。鉴于出版计划，余自下半年始便常常催促，敦其定稿。直至2011年12月3日，世光电话告我已然完稿，恰逢当日中午通州文友聚会，余邀其前往，亦将责任编辑马合省请来，将《通州赋》文稿、书法、注释交给出版社，可谓“大功告成”，文友们亦为之祝贺。

不想当夜亦成大夜。翌日晨闻此噩耗，惊愕失魂，疑后生悲，忍噎命笔，以诗为祭：

蓦然撒手竟西归，
千呼万唤终不回。
墨迹未干成绝笔，
音容犹在化冷灰。
古塔呜咽天生痛，
大河吞声地含悲。
恨君爽约明日酒，
双双泪眼对空杯。

2011 年 12 月 4 日于寓所

枕流潮白河

一

我相信人是有心灵感应的，或者说在人类的遗传密码中，有一种感知灾难将至的本能。从前一天晚上开始，我就急切地想见到他。当时外面阴雨绵绵，我给他家打电话，一次又一次地打，就是没有人接。事后才知道，他在楼下教他的弟子们练太极功。

第二天是星期日，我还是想见他。我知道他上午是要练功教功的，才决定下午去。大概三点钟，我从家里出来，想先到游泳馆洗个澡。洗完澡又上楼，新上任的游泳中心主任张德金无论如何不让我走，说晚上请我用餐。这时他桌上的电话铃响了，我随口说，这个电话你不能接，你一接我肯定要走的。他没听我的，接了。电话是我妻子打来的，告诉了我这一噩耗：李松江病危，还在医院里。

我立即跑下楼，到大街上打了一辆“面的”。告诉他我到通州宾馆，开“面的”的司机极为奇怪，因为我“打的”的地方离通州宾馆只有几百米了。我没说话，扔给他十元钱。到了宾馆，我又径直奔向总经理李建国的宿舍。因为是星期天，他为了卸掉一周的疲劳还在酣睡。好在门没有锁，我进了屋，想打开电灯，却把屋顶上的吊扇打开了。正是隆冬，这突来的冷风一下子把他惊醒了。他坐起来，我用变了调的声音告诉他：李松江出事了，快走。

我们俩即刻驱车前往县医院，抢救室里挤满了人，都是他的弟子和家人，他的长子小燕和大弟子刘爱民正在给他穿衣服，未过门的儿媳在给他刮脸化妆。

我总觉得他还没有死。因此也顾不上悲伤，这种感觉我已经是第二次了，几年前我的内兄在协和医院去世的时候，我也是这样。当别人都在号啕大哭的时候，我却不敢相信一个会说会笑有灵魂有思想的血肉之躯怎么说没就没了呢？

我忽然发现，他身上穿的那件西装，还是两年前我送给他的，已经旧了，便把小燕拉到一边，问他可否给买一套新的西装。小燕流着泪说，我们商量过了，他平时最喜欢穿这件，还是让他穿走吧。这时候，一股莫名的感情堵住了我的胸口，我一时窒息得喘不上气来。过了很久，我才知道我想哭，但终于还是在他的晚辈儿女面前忍住了。在过分悲痛的氛围里是不允许“推波助澜”的，我得努力镇定住自己。因为李建国提醒了我，得马上向县委领导报告，最当紧的是先要告诉张世光。因为他不仅是通县的县长，还是李松江先生的挚友。

二

我跟松江相识相交近三十年了。60 年代末，我在一个叫马驹桥的小镇上供职，他作为工作队员在那里下放，那会儿他还在公安局工作。就是在那时，他认识了马有清，马有清是当代著名的武术家和武术理论家，是吴氏太极功的传人。李松江拜马有清为师后便开始了他的武术生涯。

后来我调到县城里工作，我所供职的单位正好在公安局的前院。我们见面的机会多了，交往也多了起来。通过我们两个人，当时形成了一个朋友圈子。这个圈子包括两种人，一种是搞文学的，一种是搞摄影的。在此期间，他给我帮了许多忙。我妻子生孩子，无房，就是他把自己岳母家的房借出来给我住的。还有一次，父亲受伤到县医院，需要转到北京朝阳医院治疗，就是他请示了公安局长借出了仅有的一辆北京吉普车帮父亲转了院。在那个年代，整个县城没有一辆卧车，县委书记也只坐吉普，县长下乡也是骑自行车的，父亲是平生第一次坐小车。

中间有几年的时间我们联系不多，原因是我调到了北京城里工作。再见面的时候，已经是 80 年代后期了。他经历了一番坎坷之后调到了县史志办公室工作，在事业上他则很有成就了。

他的成就主要表现在三个方面，一是摄影，已经是县城里的权威，发表了许多作品，并在全国性的影展和影赛中获奖，并且正在筹备由他担任主席的摄影家协会；二是太极功，已经名闻遐迩，成了马有清的入室大弟子；还有就是他在练太极功的同时，学会了“点化疗法”，据说是当年吴图南老前辈向宫廷御医学的。

在形形色色的所谓气功、特异功能铺天盖地且大发其财的今日之中国，我对其内中的真实性和可靠性总是持保留态度。李松江也有同感，他很反感别人称他为“气功大师”。实际上他练的是一门武术，功夫主要在技击上。很少有人看见过他出神入化的拳脚和以柔克刚的绝妙打斗，多以气功为其播名。他也承认自己在气功方面的造诣，也曾让一些“气功大师”因在他面前出丑而折服。我曾问过他，到底有没有气功。他脱下外衣，赤裸着上身让我在他身上指点。我所指到之处，他便能鼓起一个包，大如梨，硬如石。我相信看得见摸得着的东西。没有功夫的人，是很难靠意念调动自己的肌肉的，我试过。

对于他的点化疗法，我也是眼见其真身受其益的。有一次，扛着一百斤米上五层楼，脖子被压坏了，疼得连气都不敢喘。受了一夜的罪，第二天早晨给李松江打电话。他来了，三点两点，我的脖子竟轻松如初，真可谓手到病除。还有一次，我跟他一起下乡，肚子突然鼓胀，绷成了一个大圆球。他带我回到他家，又是三点两点，哗哗泻水，不一会儿便空空如也了。

李松江的点化疗法是基于中医理论的，他说经络通则百病除，因此他经常用点化疗法为我进行全身的调理，打通身上的各个关节穴位，使经络通畅。确实，调理一次能轻松几个月的时间。什么时候感觉想见他，就是身上极不舒服，特别需要请他调理。我经常想，如果人可以向外发送信息，那么身上有功夫的人发送的能量肯定要大一些。那一天他面临着死神的威胁，他生命深处的某一机构，或许已经得到了可靠的情报，并把这一危险的信号焦灼地发送给他和他的亲朋好友。

我们都感觉到了，包括他自己，可惜都执迷不悟。

三

李松江的猝然长逝惊动了整个县城，在这一方土地上，他的名气大，认识他的人多，他的朋友也多。乌云惨雾压在每个人的心头上，噩耗还在迅速传播着，都是始而惊，继而疑。当天夜里，县长张世光正在跟一外商谈判，我们只好先告诉了他的夫人张淑清。张淑清一边找张世光，一边请新华医院的院长张连合去了解详情，待张世光回来，已经午夜时分了，夫妇俩又急赴李宅。第二天一早，我把这一消息打在京东集团公司总经理苏光兴的 BP 机上的时候，他正在职工大会上做报告。因为他的 BP 机号是保密的，很少有人呼他。他感到腰间震动了几下，便随手取下看了看。他顿时呆愣了，立即中断了他的讲话，直奔松江的家里。

李松江的灵堂已经布置好，惊也罢，疑也罢，一切都成了无法挽回的事实，由不得你不相信。事已至此，也只好面对现实，料理后事。我以几个朋友的名义，写了如下挽联：

太极有道天运无情舍贤妻孝子一列高足未及叮咛辞亲朋执友三界同人竟无握掌之别揣悬壶济世之心却飘然而去何寻妙手回春日

影家有约著述未梓积卅载神功一身绝技待欲勃发怀宏图大志半生夙愿仅留空杯泪眼纵仙祖呼唤之急亦匆忙过甚安将惊叹问苍天

通州宾馆成了李松江先生治丧小组的办公处，总经理李建国专门抽人派车发讣告、接亲友、筹备丧事。三天后，遗体告别在通县殡仪馆举行。那一天风很大，寒潮滚滚，前来吊唁的人有五六百之多。很多人没接到讣告，都是闻讯而来的。原来的花圈都占满了，后来增加了十八个还是不够，不少人则从外面买了花圈送来。

最撼动人心的一幕是，遗体告别的最后，他的三十多个弟子列队灵前，齐刷刷跪倒，大放悲声。这几十个铁铮铮的男子汉的哭声惊魂摄魄，在苍茫的天地间回荡……

四

翌年清明，李松江先生被安葬在通惠陵园，在众多的墓林中，他的墓不是最好的，但却是最雅致最有特色的。墓碑之资是李建国、樊福林、张小燕等筹集的，计一万七千余元。正面的“李松江先生之墓”是张世光题写的，背面的墓志铭是我撰的，周良书写的，全文如下：

先生李松江河南许昌人氏生于戊寅卒于甲戌天寿五十六周岁先生幼时家贫耕读于桑梓壮及从戎赴朝倥偬五载解甲供职于通州先生业精于摄影成积斐然获奖数十留卓篇于史志先生乃吴氏太极功第三代传人武德高尚功底深厚从习者千数弟子三十余传国术于后人先生研习点化疗法深得其道悬壶济世待患弱如至亲先生性情和善宽厚谦恭礼让待友朋胜手足先生英年猝然长逝举城皆哀身后众友人出资相助安寝于潮白河畔枕流听涛天人合一以卸凡劳以法大道

乙亥清明立于通惠陵园

回黄转绿，李松江先生已经离去两年了。两年之中，大家常常忆起他，话题所触时便唏嘘不止。第二年十月，李松江的长子结婚，大家都去了，为他了却了未竟心愿。

李松江先生过世后，张世光曾写过一篇悼念他的文章《悲悼松江先生》。两年后的今天，我写此文，为的是寄托对松江先生的怀念之情，为的是慰藉众多朋友的痛楚之心，为的是抚慰松江先生的未亡人及其子女，也作为张世光一文的一点儿补充。

1996 年 12 月于通州

魂兮归来

一百五十七天之后，我依然难以接受这残酷的现实。一个血气方刚的男子汉，一个欢蹦乱跳的大活人，怎么说没就没了？回想十一年前，通州影协筹委会主席李松江先生，也是在五十六岁的大好年华撒手人寰的。那是一个冬天的下午，而你却触摸到了春天的门环，只要轻轻一推，就会进入一个充满生机的季节。尽管阴霾蔽日、举城皆哀，我还是觉得明天或者后天，你还会打电话来相约喝酒。

从殡仪馆出来，发现阳光有些刺眼，大街上依然是车水马龙，迎春的鞭炮声此起彼伏，商店门前促销的音乐撼天动地。我默默地说，启会，你完了，人们会很快忘记你的。尽管你活得那么累，干得那么苦，付出得那么多。人生三季，你播种一季，耕耘一季，却放弃了收获一季。

我总是悲观地认为，生命是无意义的。在茫茫宇宙中，生命不但是非常偶然的，而且是非常短暂的一瞬。然而对于每一个生命的个体来说，活着就是一切。难道真的是雁过无痕，人死如灯灭？

人们总是顽强地抗争着死亡，肉体无奈地消逝之后，不死的魂灵依然缠绕着生者。人类自身繁殖的遗传基因之外，还比其他生物多了一条基因，这便是代代相传不息的文化链条。且看今日名利场，三十年后还有谁？答曰：古来圣贤皆寂寞，唯有饮者留其名。“饮者”留下的是诗文，是文学艺术，是哲学精神。启会是一个著名的摄影家，又是通州影协主席，总是为他人做嫁衣裳，自己连一本摄影集都没有留下。我为此唏嘘痛憾。

大概两个月之前，画家贯会学打电话给我，说他与山建宁一起正在编辑整理王启会的摄影作品集，希望我能写个序。这件事深深地触动了我。出版一本自己的摄影作品集，是启会多年的心愿。在他临终前，我和赵玉影、李建国与他有过一次小范围的聚会，这让我们或多或少感到一点儿安慰。那次又提及出版他的摄影集之事，我不仅仅答应为他作序，还答应带他去拍摄梅里雪山，去沿大运河采风，去捕捉草原风光……活着的时候没有抓紧做，死后只能依赖朋友补终身之憾了。

我一直惦记着写序的事，却一直没有动笔。有许多话要说，又不知从何说起。昨天下午，我正在医院打点滴，武怀义先生拨通了我的手机，他总是在别人都找不到我的时候能非常智慧地找到我。我从他那里知道启会的摄影集将要付梓，我的序该写了。

动笔之前，我给郑建山先生打电话，他跟我在电话中谈了四十多分钟。他谈了许多启会的事，诸如他的摄影作品有一百多幅发表，二十余幅获全国及地区大奖；他组织创作的《运河组歌》首开弘扬运河文化之先河；他将一个官司缠身、陷入困境的文化馆打造成国家一级文化馆……他说得慷慨激昂，愤愤不平，我开始还记，后来便放下了笔。郑建山是一个敢于仗义执言的狭义之士，我相信人间自有真情，公道自在人心。但是，对死者任何郑重其事的评价都让我感到冷酷。

我想，这本摄影集面世的时候，或许我们可以站在大运河之端，听秋风呜咽，望归鸿断影，泪眼捧卷，暗祭无声。启会或许在奈何桥上俯首回望，见人世间还有三五知己在缅怀追思，此生足矣。我说的不仅仅是启会，但这序文却实实在在是写给启会的。

2005 年 8 月 2 日于通州

燕然勒石

很难说他是生逢其时，但他死得可真不是时候。

2020年的春天，乃至即将到来的夏天，无疑是人类生命史上的至暗时刻。死亡的乌云笼罩着整个星球，人们战战兢兢地关注着一连串令人惊恐的数字：新增多少，疑似多少，死亡多少。成千上万个鲜活的生命，转眼间化成了一缕尘烟，拼凑成了冷冰冰的数字。而刘祥的往生，却连这冷冰冰的数字都挤不进去。

遗忘是人类与生俱来的本能，遗忘是比死亡还可怕的。人类为了抗拒遗忘，发明了文字。进入文明以来，任何文字的书写，以及由文字进化出来的音像之类的记载，都是为了抗拒遗忘。我之所以与诸位文学同人一起敲击键盘，就是怕刘祥被遗忘，就是要把一个鲜活的生命体留在世上，长久一些，再长久一些。

一

我与刘祥的结识始于半个多世纪之前。那是一个特殊时期的特殊团体，全称是毛泽东思想文艺宣传队，是正式在编吃皇粮的令人艳羡的单位。刘祥是以演奏者的身份编入乐队的，专职创作员是楚学晶和我。很快，刘祥便不务正业，终日与我们一起切磋琢磨创作之事。于是宣传队便有了由我们三个人组成的创作组，后来又加入了张春昱。

我说刘祥在乐队不务正业，其实我们创作组同样不务正业。顾名思义，宣传队主要是搞些配合时政的文艺节目，而我们的主要精力却投入到了文学的求索与创作上。感谢当局给我们提供了一个绝好的平台。

文学的魔力有如少男少女的情怀，一旦投入便奋不顾身，痴迷得不能自拔。读书，废寝忘食；写作，不屈不挠；讨论，通宵达旦。最用功的当属刘祥，常常大白天的找不到他，原来躲到俱乐部的砖堆后面读书去了。当时可读的书不多，但凡能够找到的，我们都互相交流。遇到如获至宝的书，我们还分别摘抄乃至全抄。而读书笔记，也是共享和互通有无的。

书读到一定份儿上便跃跃欲试，我们开始写练笔，写诗，写小说，写剧本，也有过小小不言的成功，但主要是为后来的文学创作积累了功力。

二

宣传队解散以后，刘祥分配到文化馆从事专业创作。这正是新时期文学发端的时候，在浩然、刘绍棠的影响和发动下，通州的文学创作迎来了第一个爆发期，迅速形成了一支朝气蓬勃的文学队伍，令友邻区县羡慕不已。刘祥在文化馆得天独厚，是这支队伍中的佼佼者，亦是文学的组织者和领导者。办刊物、办培训班、组织讲座，到处都能看到他的身影。

《运河》就是在这种情况下创办的，当时是刘绍棠和我共同担任主编。雄心勃勃，聚集了一批名家，联合了门头沟等兄弟区县，还准备申请正式刊号公开发行。好景不长，刘绍棠病了，我调离了通州，《运河》经历了几届文联均是半死不活，断断续续，有的时候一年只出一期。所幸的是《运河》没有停刊，摇摇晃晃地坚持下来了。到张宝玺先生担任文联主席的时候，通州的文学创作又迎来了第二个爆发期。一批文学新人破土而出，新的通州作家群迅速聚结成长起来。在这种大好形势下，刘祥挺身而出，担纲起了通州文学发展的重任。主要做了三件大事：一是刘祥提出的创办打造“通州文学之乡”；二是担任了《运河》执行主编并将《运河》固定为季刊；三是编辑出版《运河文库》。

先说《运河》和《运河文库》的事，四期《运河》季刊、十部《运河文库》丛书，从选题组稿审稿到定稿，从编辑排版插图校对到出版印刷，如此繁重的工作与烦琐的工序，需要一个编辑部吧？需要一个或几个办公室吧？没有，都是刘祥自己干，自己既是编辑又是主编又是校对又是出版发行。我当年住在新华北街，有好几次相约，他都是从设计公司或印刷厂跑过来。这一干就是十几年，《运河》出了一百零六期，《运河文库》出了一百一十二部。工作量到底有多大便可想而知了。

这并不是刘祥工作的全部，远远不是。杜德久先生兼任文联主席之后，《运河》照出，《运河文库》照编，还组织编撰《通州文化志》和《通州文物志》，创办了《通州运河历史文化研究》，这三个重任也理所当然地落在了刘祥的肩上。德久先生还做了一件功德无量的事情，为通州区的几位文化口的作家每个人出一套文集。这又责无旁贷地由刘祥操刀，这套书就在我书柜上摆着，好家伙，每一部都很厚很大，都有几百万字，共有六部。

还有，近年来通州文旅委编辑出版的三卷大部头的《北京城市副中心通州历史文化丛书》和十卷本的《历史故事丛书》，以及此前编辑出版的十卷本的《运河文化丛书》，都是刘祥一字一篇地编撰而成的。

通州政协文史委一直致力于挖掘整理运河文化史料，将通州的文人聘为政协专门委员，做了大量的工作，编辑出版了十几部文史及史志专著，刘祥始终是积极的参与者与精心的编撰者。还有一些个人的专辑选集和专著，也都是通过刘祥之手编辑出版的。

我特别佩服网络高手搜集整理信息的本领，我真的希望有人能够算一算，刘祥到底做了多少工作，编辑了多少文字，出版了多少部书，花费了多少时间。当然，有些事情也是有人帮忙的。约稿阅稿审稿校稿，郑建山分担了许多，编辑排版余莹包揽了大部，这些刘祥都跟我说过，他心里有数。

三

我们盘点了刘祥这些年的工作成就，便知道他有多累多苦多操心，当然还有委屈。一腔心血两鬓秋霜，都洒在运河文学的百花园里了。这是一种奉献，更是一种牺牲。

刘祥的梦想是献身于文学创作，他有这个才华，也有这个准备。从新时期文学发端始，他便创作出了许多优秀的作品。不少作品广泛流传并获得过国家级奖项。收集在《刘祥作品选》中的有小说、散文、诗歌、纪实文学、文艺演唱等达千万字之多。

我曾经多次与刘祥谈过他自身创作的问题，我希望他能完成一部长篇小说，我知道他有这个实力。我特别希望他能写他的家乡张家湾，在我为《漕运码头》搜集资料的时候，也顺便整理了许多张家湾的资料。我曾经半开玩笑半认真地说，给你三年时间，你不写，我可要写了。我实际上也想将他一下，三年早已过去了，他说，还是你写吧，我实在是没有精力。这样，我才开始创作《漕运古镇》。

他说没有精力，他的精力哪儿去了呢？他是为众人抱薪者，温暖、照耀着通州的文学之林。他牺牲自己的文学之梦，却让更多的人在梦想的大道上奔跑。细想起来，他所牺牲的还不仅仅是自己的梦想，包括他的身体、他的家庭生活，以及他儿子的工作安排，都无暇顾及，也从不提起。

我曾经两次翻越梅里雪山，看到那些转山的人背着糍粑，一步一长叩地跪行。转一次山需要半年或更长的时间，如果他们不幸死在途中，他们认为是受佛祖眷顾，是幸运和幸福的。

刘祥就是把文学当成了神圣的梅里雪山，他怀着殉道者的虔诚一路苦行。留在他身后的脚印不会被湮灭，那是一首行吟歌，使文学的道路不再寂寞，并且充满了欢乐与希望。

2020 年 3 月 29 日于自囚斋

图书在版编目(CIP)数据

邻居 / 王梓夫著. -- 北京 : 中国文史出版社，
2021.3
（中国专业作家作品典藏文库 · 王梓夫卷）
ISBN 978-7-5205-2440-7

Ⅰ. ①邻… Ⅱ. ①王… Ⅲ. ①散文集-中国-当代
Ⅳ. ①I267

中国版本图书馆 CIP 数据核字(2020)第 209462 号

责任编辑：卢祥秋

出版发行：**中国文史出版社**
社　　址：北京市海淀区西八里庄路 69 号院　邮编：100142
电　　话：010-81136606　81136602　81136603（发行部）
传　　真：010-81136655
印　　装：北京新华印刷有限公司
经　　销：全国新华书店
开　　本：720×1020　1/16
印　　张：15.5　　　字数：152 千字
版　　次：2021 年 3 月第 1 版
印　　次：2021 年 3 月第 1 次印刷
定　　价：55.00 元